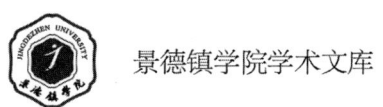
景德镇学院学术文库

诗意的古城

黄河浪◎著

江西高校出版社
JIANGXI UNIVERSITIES AND COLLEGES PRESS

图书在版编目(CIP)数据

诗意的古城/黄河浪著.---南昌:江西高校出版社,2022.2(2024.9重印)

(景德镇学院学术文库)

ISBN 978-7-5762-2194-7

Ⅰ.①诗… Ⅱ.①黄… Ⅲ.①诗集—中国—当代 Ⅳ.①I227

中国版本图书馆CIP数据核字(2022)第013657号

出版发行	江西高校出版社
社　　址	江西省南昌市洪都北大道96号
总编室电话	(0791)88504319
销售电话	(0791)88522516
网　　址	www.juacp.com
印　　刷	固安兰星球彩色印刷有限公司
经　　销	全国新华书店
开　　本	700mm×1000mm　1/16
印　　张	11.25
字　　数	100千字
版　　次	2022年2月第1版 2024年9月第2次印刷
书　　号	ISBN 978-7-5762-2194-7
定　　价	58.00元

赣版权登字-07-2022-83

版权所有　侵权必究

图书若有印装问题,请随时向本社印制部(0791-88513257)退换

《景德镇学院学术文库》编辑出版委员会

主　任：李良智　陈雨前

副主任：吴　丁　张德山

成　员：（按姓氏笔画排序）

于　芳　方　漫　朱练平　江旺龙

杜慧春　余莉萍　郑立斌　胡红梅

胡祥青　黄志坚　蔡新安　魏望来

《景德镇学院学术文库》前言

景德镇学院是一所地方性应用型本科院校,学校创建于1977年。学校坚持社会主义办学方向,落实立德树人根本任务,遵循"自强不息、泽土惠民"校训精神,坚持"知行合一、守正出新"办学理念,确立"地方性、应用型"办学定位,走"特色化、差异化、国际化"发展路径。近年来,围绕建设特色鲜明的地方性应用型本科院校发展目标,学校积极开展学术研究,承担科学研究和文化传承创新职能。

大学因学术而兴,因文化而繁荣。为繁荣学术研究,推动广大教师积极从事学术工作,使学校学术新秀脱颖而出,系统地展现景德镇学院的优秀学术成果,我们决定出版《景德镇学院学术文库》,每年资助出版一批学术著作。

《景德镇学院学术文库》的学术追求是出精品。入选文库的专著,为有较高水平的学术成果,或解决重大课题,或确立新观点,或使用新史料,或开拓新领域的专题研究。学校尤其欢迎年轻教师和博士积极参与学术文库,出高水平的学术成果。

《景德镇学院学术文库》由科研处面向全校教师征集,经过初审、同行匿名评审,就其选题价值、学术创见、研究方法、分析论证、文献征引、文字表述等方面给出明确意见,经校学术委员会终审,方可入选。入选的专著,必须遵守学术著作规范,遵守学术道德,不存在知识产权争议。涉及知识产权问题,由作者本人负责。

《景德镇学院学术文库》的出版,传承的是"自强不息、泽土惠民"校训精神,流淌的是"求真务实"的学术血脉。我们相信,《景德镇学院学术文库》对于继承与发扬景德镇学院学术精神,对于深化相关学科领域的研究,对于促进景德镇学院的学术繁荣、推出学术新秀,必将起到积极的推动作用,谱写景德镇学院新时代兴学育人新篇章。

《景德镇学院学术文库》编辑出版委员会

自序

在无极之路上踽踽而行

诸多文学品类中，诗歌无疑是人类接触最早的。母亲的摇篮曲和牙牙学语时念唱的儿歌童谣，应该是下意识的文学启蒙。刚认识几个字，古今短诗便接二连三进入小学课本，对发育中的大脑进行形象思维、美育的开启和培训。此后的人生，不管你干哪行，也不管你是腾达抑或背运，都难以同诗歌绝缘。

我是从中学迷上诗的，它在我面前展示出与现实生活存在差异的迷人世界，让我触摸到文学这位天使翅膀上美丽柔软的羽毛。因为受不了旧体诗严苛格律的囚禁，只愿停留在阅读欣赏的层面而激发不出尝试写作的欲望，对自由活泼的新诗便情有独钟，最早变成铅字的"作品"，是在大学写的几首自由诗。参加工作后，尽管中途也曾"移情别恋"于散文、杂文或评论，但从未和诗"相忘于江湖"，不仅诗歌读物常置于案头，偶尔灵感来访，或受邀撰稿，也会铺纸提笔，发表于报刊。

那么，何谓诗呢？尽管字典和学者对诗有多种解释，我还是欣赏意大利诗人薄伽丘五个字的概括：诗是"精致的讲话"。在文字之少与内涵之大的中间地带，如何既流淌生活的激流，也空出读者想象的天地；如何把情怀思绪用文字"精致"地表达出来，这是既简单又玄奥的课题。因此有学者指出，"诗是无极之路……时而山重水复，时而柳暗花明，永远走不到尽头"。

以我学诗的历程推算，牵引我在诗路上行走的"师傅"，除了一批新中国成立前出道的著名诗人，尤其是闻一多、艾青、臧克家、卞之琳以及其后的郭小川、贺敬之等，也还有20世纪七八十年代横空出世的比我年轻的诗家，如舒婷、北岛、食指等被标为"朦胧诗"的代表，我是在这三批人的影响下形成诗观并学习写诗的。他们把诗歌与时代、民众、人生紧密结合，歌咏脚下的土地和土地上的风云，用崇高的审美意识、精美的语言、不故弄玄虚的技巧表达内心的感受，给我留下深刻的印象。

进入21世纪后，当代诗坛的乱云飞渡令我错愕、困惑。20世纪80年代诗歌线索基本清晰、优劣分明、经典文本迭出的现象不见了，代之而起的是流派纷呈、旗号林立、泥沙俱下、良莠难分的混沌局面，在变革的招牌下颠覆我对诗歌的认识。报刊上的大量诗作，不再关注大众的生存状态，只迷恋于个人内心无法与外人沟通的情愫，沉迷于琐碎之物的把玩。有人声称要将诗"献给无限的少数人"，鼓吹诗歌的小众化、贵族化、神秘化，甚至要给诗歌设置门槛，欲将诗歌驱赶进"历史的个人化和语言的欢乐"的泥淖，让诗变成高深莫测的文学呓语，读这类诗必须施展猜谜的功能。一些年轻的诗作者受其影响，痴迷文本表面的诡异修辞带来的神奇，而轻视诗歌内在的启示，甚至故意给大多数读者设置阅读障碍。他们还对诗歌语言区别于其他文体的节奏感和音韵的特点嗤之以鼻，把鲁迅先生20世纪30年代提出的"我以为内容且不说，新诗先要有节调，押大致相近的韵，给大家容易记，又顺口"的意见抛于脑后，完全忽视诗歌的语音美，甚至故意把一行诗拉长到可加两三个标点符号。至于那些口水诗、屎尿诗、乌青体、梨花体等怪胎，更

让新诗背负许多恶名。

20世纪90年代之后的诗坛乱象无疑造成了大量诗歌爱好者的流失,新诗处于边缘化的尴尬境地。二十多年来找不到几首像20世纪80年代那样大江南北广为传颂的诗作。不少诗歌名刊年复一年批量推出既折磨人又乏味的文本,诗歌评奖和各种诗会几乎都成为自娱兼娱人的圈子文化的闹剧。面对如此失望的情况,我不得不与订阅多年的刊物"拜拜"了。

但我并没有放弃诗,相信正本清源有待于时日,也相信会有许多同道在这条"无极之路"上踽踽而行,因为我从某些没有刊号的民间刊物及网络上发现了与我志趣吻合的诗歌爱好者。我赞同作家蒋登科《在新诗艺术探索中激活优秀的传统》中的观点:新诗创作应注重音乐性和音乐精神。我坚持写大多数人能够明白,有韵律和节奏感且适宜朗诵的现代诗歌,拒绝将诗故作高深地贵族化,无病呻吟地矫情化,闲得无聊地游戏化,不盲目趋时赶潮,拿香跟拜,更反对将诗锁困在象牙之塔。

几经筛选而进入这本集子的百余首或长或短的分行文字,是我几十年间断续写下的有关世态人生和心灵感应的产物,自然也是我在"无极之路"上走走停停的脚印。大部分诗作虽然在各种报刊上发表过,或于大型诗歌朗诵会上被朗诵,且有的获奖,但我自知它们同"精致的讲话"还有距离,甚至料想在今天某些诗家眼里,它们或许稚嫩或许落伍,既缺少坚实的力度和文本表面晦涩的修辞,也没有模特走猫步的美感。而且,相对于那些每日一诗的高产户,作为一个曾被文友戏称为"诗人"的业余笔耕者,收成如此单薄难免有几分愧色,除了归咎于慵懒和才气不足之外,好像也找不出别的托词。之所以不惧冷眼付梓出版，一为给灯下劳作、诗路跋涉留个纪念，二为与口味相近的文友交流时也有个拉近关系的话题。

集子粗略分为五部分，每部分大致按写作或发表的年份排序，以便留下历史的印记。第一辑镜头关注的是瓷城的人、事、物，因为我在这座名闻中外、靠一种传统手工艺绝活支撑千余年的"诗意的古城"成长谋生，且将终老于这块土地，情感与理智都不能转移我打量和依恋它的目光。

第二辑内容较杂，不好归类，既有应时之作，也有对红尘中世态的扫描和我教书生涯的留痕。

第三辑是游踪剪影。对于业余生活单调贫乏的我，旅游是最大的乐趣。这些旅游诗，不专注于描摹山水风光的瑰丽神奇，而总想挖掘点景色之外的"秘密"。

第四辑的十几首歌词，部分已被音乐人谱曲传唱。歌词原本就是诗的亲姐妹，它应该在这面旗帜下列队。

三十年前我曾经在本地报纸副刊上开过一个诗话专栏，写了些随感，是我对新诗的零碎思考，挑了一些作为附录，纳入第五辑。虽然时过境迁，这些言论或许了无新意，但读者可借此了解我的诗歌理念，也有助于对我诗作的理解。

挑选进入集子的诗作，我试图用历史留痕和诗艺评估两根尺子衡量。这诗艺的尺子自然是指我能力水平尽可能达到的标准。我既不敢与当下诗坛大腕们的皇皇大作攀比，也不愿同那些自认为光鲜时髦的诗集去竞技。好在当今的新诗尚无权威的评判法则，容许黄鹂与麻雀、大狗和小狗都发出叫声。

随着年岁的痴长与精力的衰退，今后的岁月别说写诗，恐怕连阅读都将如同斜阳般逐渐暗淡下来。即便偶有诗兴，涂抹出文字，恐也难登大雅之堂，更不可能有第二部诗集了。

诗稿编好后，原也想赶赶时髦，请作家圈内的名人写点捧场的文字，仅一闪念即熄灭，何必去趟"我的朋友胡适之"那样的浑水？还是如实交代自己的诗歌观和编集子的前因后果吧。

感谢相交多年的文朋诗友一路的鼓励赐教，更感谢景德镇学院的领导和科研处的关心支持，让我保存在书柜里大多已泛黄的稿纸和剪报，以及电脑中潜水多时，差不多快被遗忘的旧作付梓出版，在新时代的晴空下晒晒暖阳，吹吹和风。

是为序。

黄河浪

2021 年 10 月

目录

第一辑　叩问高岭

我是瓷坯　/002

试卷　/005
　　——给陶瓷考古学者刘新园

八支画笔　/007

引凤的梧桐　/010

瓷器街　/011

古窑遗址沉思　/012

青花瓷瓶　/014

叩问高岭　/015

诗意的古城　/018

哈哈罗汉　/020

彩绘女　/021

风火仙师　/022

你在说什么呢，昌江　/023

昌江采景（二首）　/025

徽饶古道　/027

私语龙珠阁　/028

轻歌陶溪川　　/029

窑里佬　　/031

写给停烧的镇窑　　/032

拉坯师傅　　/034

瓷石矿的水碓　　/035

古瓷片　　/036

写在御窑厂遗址公园的诗行　　/037

悼中国工艺大师戴荣华君　　/038

伫立在唐英铜像前　　/039

玲珑　　/042

三宝村的蝶变　　/043

第二辑　昌南湖抒情

等待　　/046

轮椅,滚动在中国大地　　/047

残红与落叶(二首)　　/048

老人墙　　/049

写给水族(四首)　　/051

五月的骄傲　　/053

四月的江南　　/054

小人儿　　/055

在"希望的田野"上耕耘　　/056

入学通知书　　/059

会拉琴的父亲　　/060

那只旧竹篮遗失了　　/061

孤独不会撞车　　/063

思念的纤绳　　/064

他独坐湖滨　　/065

船与港口　　/066

荷叶上滑过温润的风　　/067
　　——给友人

喜洋洋的团圆　　/068

春天与校园　　/070

瑶里的梅树　　/072

有一种情谊　　/074

昌南湖抒怀　　/076

新版"社戏"　　/078
　　——乐平神溪村观戏

致沧溪　　/079

如果没有文学　　/080
　　——在现代文学班迎新年联谊会上的致辞

打腰鼓的阿姨们　　/082

晨星　　/083

留恋与祝颂　　/084

讲台　　/086

给学生H的信　　/087

母校的老大门　　/089
　　——写在景德镇一中80周年校庆时

雨停了　　/091

栀子花　　/092

写在南湖红船上的诗行　　/093

一棵倒伏的老樟树　　/095

两种乡愁　/096

第三辑　卢森，你美成了精灵

斗兽场　/098

比萨斜塔　/099

圣马可广场　/100

卢森，你美成了精灵　/102

巴黎短笺(组诗)　/103

枯叶蝶　/105

远方的山水　/106

关于北京的记忆(组诗)　/107

心沉在绍兴　/109

在沈园断壁前　/110

沈从文故居　/111

日月潭　/113

吟越南下龙湾　/114

乌镇剪影(组诗)　/115

阿联酋短笛(组诗)　/117

埃及胡夫金字塔　/119

在庞贝石柱阴影下　/120

天池　/121

拉网捕鱼　/122

红场上的地砖　/123

车行皖南　/124

重游黄果树　　/125

第四辑　浮梁茶曲

　　耕耘之歌　　/128

　　夕阳吐金也风流　　/129

　　闯海　　/130

　　寻找窑神　　/131

　　油菜花开　　/132

　　诗意景德镇　　/133

　　校园洒满阳光　　/134
　　　　——景德镇梨树园小学校歌

　　浮梁茶曲　　/135

　　买茶去浮梁　　/137

　　瓷都老科技工作者之歌　　/138

第五辑　莫把诗关进象牙之塔（诗话）

　　给语言穿上奇妙的衣衫　　/140
　　　　——浅谈"通感"在新诗中的使用

　　莫把诗关进象牙之塔　　/142

　　诗要"四出"　　/144

　　新诗也要炼句　　/146

　　别出心裁　　/147

　　意象诗　　/149

　　愿瓷都盛开烂漫的诗花　　/150

　　关于陶瓷诗的对话　　/152

多彩空灵的陶瓷新诗　　/153

白泥里开出的诗花　　/155

读诗杂感　　/156

什么是诗歌的灵魂　　/157

第一辑

叩问高岭

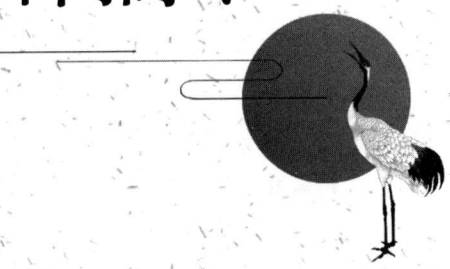

我是瓷坯

告别矿井昏花的泪眼
告别水碓沉重的叹息
谢高岭慈爱的目光
谢昌水绵绵的情意
谢千百双粗糙的巧手
在飞旋的辘轳车上
扶助我艰难站立
哦，我是瓷坯，我是瓷坯
来自不起眼的白泥

不要用世俗的眼光
打量我赤裸的躯体
也许诱人的浓妆艳抹
掩盖了丑陋和瑕疵
我不稀罕庸俗的捧场
宁可将真诚与粗浅袒露
换取坯刀无情的挑剔

也别嘲笑我的柔弱
犹如出壳的雏鸡
经不住水袭霜打
经不住雨淋风吹
甚至手指轻轻地触碰
不错，我是乳臭未干的半成品
可谁又能断言

明天，我不是价值连城的珍奇

况且，我的灵魂并不娇弱
每个细胞储有非凡的勇毅
我渴望投身炙热的窑炉
接受火神严酷的洗礼
哪怕焚烧得通体血红
绝不瘫下刚强的腰膝
当我豪迈地跨出窑门
便向世界宣告
我是瓷器
生命，有了新的价值

哦，不用担心有朝一日
我会像高天飘忽的云彩
连大海也留不住它缥缈的足迹
不，我怎能忘记
采矿者如雨的汗珠
制瓷人粗重的呼吸
纵然显赫于天涯海角
梦中会倾听家乡的鸡啼
即使有一天粉身碎骨
也扑倒在大地母亲怀内

我是瓷坯，我是瓷坯
来自不起眼的白泥
是脆弱与刚毅的结合
是平凡和崇高的汇聚
哦，我已庄严地走进烘房

前方有我成长中的痛苦
也有涅槃后的欣喜
我将微笑着拥抱烈火
拥抱窑卤上缤纷的虹霓

1983 年

试卷
——给陶瓷考古学者刘新园

岁月
从逆转的时针下流走
从破译的饥渴里流走
流活高岭流活湖田窑
流成
四十万个沉重的铅字
思索的帆
在寂寞的海里
飘了千年
飘成一座桥，横跨
古陶瓷迷津的两岸

我不再怀疑
阳光煮沸的血
喷入荒丘古墓
也能温热也能唤醒
冰冷残缺的瓷片

只是有几分惋惜
你捧出的一盘盘珍馐
是我嚼不烂的《考辨》①
而随手递来的一杯清茶
《我和约翰·奥迪斯》
却品湿了我的眼圈

每夜每夜
你伏案解答试题
灯光放大你的背影
放大成给我的试卷
高悬在人生的考场

1987 年

①陶瓷考古学者刘新园的代表作《蒋祈〈陶记〉著作时代考辨》，日本专家称之为"划时代著作"。

八支画笔

无须惋惜,缺一块
抵足而眠的墓地
供画魂在天国
继续切磋技艺
何必遗憾,少一座
寄存怀思的馆堂
供后来者奉上
绵长的敬仰

口碑,才是不朽的碑呀
请听,瓷城的街巷
"八友"的雅称
早已丰满了翅膀

啊,王琦
你这"八友"之首
告诉我,何时
从父亲的盐船上
竖起艺术的帆樯

王大凡,你那"落地粉彩"
怎样从巴拿马
捧回了金奖

前清秀才邓碧珊

捻动了哪根胡须
才开启了"九宫格放像"

田鹤仙,好个"荒园老梅"
迎风斗雪
竟吐出一园浓香

还有徐仲南
那叫绝的松竹

还有汪野亭
拿手的山水

还有程意亭
得意的花卉
都曾征服过
无数挑剔的目光
而刘雨岑
"八友"中的小弟
把"水点桃花"
和"黑叶描金"
谱成一曲
绘瓷的绝响

八撮羊毫,柔软
撑起了绘瓷业
一块晴空

八根竹管,细小

为衰竭的瓷城
输送过血浆

八双书生的臂膀
无缚鸡之力
却在"草鞋码头"
营造出一座
艺术的殿堂

无须惋惜，缺一方
抵足而眠的墓地
何必遗憾，少一座
寄存怀思的馆堂

去史籍中觅踪吧
去博物馆造访
去陶研所的画室
去美术系的课堂
看八双脚踩出的路
而今多么宽广
看八双手撒下的花籽
而今已开出
不再凋谢的春光

1988 年

引凤的梧桐

人民瓷厂生产的青花梧桐西餐具,在国际博览会上连获三次金奖。

没有色彩的缤纷
只有古朴的庭院梧桐
和清幽的小桥流水
四十五位白泥的宠儿
四十五件火的艺术
风靡了博览会华美的展厅
征服了各色眼睛无情的挑剔

几代人的心血汗水
在丽日春风下凝集
昨夜,眼里还藏几丝迷茫
唇边也挂几声轻轻的叹息
为日益急促的市场竞争
为古老瓷城的颜面和声誉

啊,但愿这棵梧桐枝繁叶茂
给企业拓一条攀缘的天梯
引成群的金凤银凰
来这名城筑巢栖息

1988 年

瓷器街

一个动听的街名
沿着古老的昌江
漂往五湖四海
漂在游客探询的目光里
漂在远方朋友好奇的来信里

不敢触碰朋友编织的纱帐
说那只是一条普通的弄堂
两排低矮的板房
夹一条碎石路
没有鳞次栉比的瓷店
没有五颜六色的瓷屋
我怕失望的眼光和叹息

多愿意它带着童话般的容颜
和传闻膨胀过的故事
活在他们的想象中
活在这块坚实的土地上

1989 年

古窑遗址沉思

消失了车水马龙的街道
远逝了烟焰张天的窑火
一座陈列馆在夕照中沉思
把辉煌的历史慢慢咀嚼

马蹄窑早已坍塌
蹄声消失在遥远的角落
琵琶窑也弦断琴折
再弹不响苍劲的《陶歌》

只有东河里默默的流水
还记得它"杵声殷地"的豪情
只有遗址上古树的根须
还没忘它"火光炸天"的气魄

七百年的热血沉入地下
冷却成一块晶莹的宝石
冷却成陶艺师寻根的手杖
冷却成考古家长长的思索

不就是这块40万平方米的土地
给昌南镇输入生命的血脉
让唐白釉、宋影青、元明的青花
化作瓷艺皇冠上璀璨的金箔

不就是千百双穿草鞋的脚板
踩出一个响亮的瓷都
让"四时雷电镇"隆隆的声威
随三宝的航船去五洲显赫

也许它不该取名为湖田
最终给稻草捆住了双脚
晒泥塘痛苦地栽上莲藕
坯房里盘旋着耕牛的吆喝

也许它没学会御器厂的玲珑
制几件珍玩给皇帝摩挲
荒草因此锈遍了炉壁
窑囱里伸出杂树的枝柯

山有峰峦也会有峡谷
海有潮涨也会有潮落
历史何曾戴过势利的眼镜
仅以成败作评点英雄的标尺

拨开草丛，我拾起一枚古瓷片
掌上霎时崛起一座峰岳
雄狮般的湖田窑虽已倒下
那伟岸的英姿依然撼人心魄

1999 年

青花瓷瓶

聚白玉之光为肌肤
采青天之色作饰纹
侈口细腰的仙女姿
亭亭于案头
迷住了一双双眼睛

还嫌不够娇艳
竟强索冬梅秋菊插瓶
美似乎添了几许
只是不忍追问
它葬送了多少花的青春

2013 年

叩问高岭

> 有人说，诗歌是胭脂和口红，只能给社会美容。
> 我以为它应该是生活的思考者，人生的警世钟。
> ——题记

本是一处不起眼的山头
本是一个很普通的地名
山不在高啊有仙则灵
凭借胸腑内那堆白色土
你笑傲于千山万岭之上
在史册里留下赫赫功勋

可我今天并非来朝觐
东埠街光滑的石板路上
参观者的步履也不轻盈
背包装着困惑，手杖敲击纳闷
我在废弃的矿坑前沉思
在山腰的"接夫亭"发问

一座以产瓷支撑起的城市
下岗最多的是坯房工人
一个戴着璀璨皇冠的名镇
如今要同别人争抢名分
缺少实力哪有说话的底气
祖先的光环难做逞强的资本

潮州、佛山、建德、醴陵
后起者纷纷在城门下叫阵
瓷博会展厅里，景瓷未独领风骚
超市的货架上，景瓷也踪迹难寻
只有艺术瓷这株老梅
还能搔首弄姿，风韵犹存

久不闻大厂房机器欢唱
也难见流水线繁忙场景
那闻名于世的十大瓷厂呢
每一家都有拳头产品
可为何一夜间分崩离析
只留下寂寞的厂牌，落满灰尘

果真是国有企业沉疴缠绕
疗救的药方只能靠民营
果真是小作坊神通广大
就能在商海里破浪前行
果真是产瓷业难以为继
要仰仗航空、旅游焕发青春

告诉我吧，你这瓷国圣母
该用哪件"大器"描绘亮丽风景
该用何种"厚德"打造城市精神
龙珠阁应怎样龙珠不暗
昌江河应如何碧水长清

啊，高岭！请理解我的困惑
一个在坯房里长大的市民

做梦也喊千年古镇的复兴
啊,高岭!请原谅我的提问
责之切切呀,那是爱之深深

    2014 年

诗意的古城

在物华天宝的红土地
有一座风采迥异的古城
她制作的瓷器名扬四海
她出产的茶叶香飘古今
秀美的山水如诗如画
淳朴的百姓勤劳聪明
她奉造的御瓷使宋真宗龙颜大悦
才有景德镇的名号悬挂于城门

在人杰地灵的江西
有一座诗意荡漾的古城
龙珠阁的飞檐扬起诗的旗幡
高岭山的矿井睁开诗的眼睛
昌江碧水上漂过诗的风帆
古窑烈火中练成诗的精灵
诗意浓缩进陶艺家的作品
诗情流淌在瓷博会的展厅

啊！景德镇，诗意浓浓的古城
谁有你风华绝代、卓尔不凡
谁有你情的专一、爱的忠贞
与白泥厮守，同窑火相望
千百年不离不弃，缠绵至今
用一身精湛的手工技艺
支撑一座城市昂首屹立

谱写一部世代传唱的"诗经"

啊！景德镇，诗名久远的古城
你曾将诗装进海上丝绸之路的船舱
换回了国际金奖和世界瓷都的美名
也曾把诗刻在御器厂的作坊
为后人留下许多"申遗"的资本
如今，你又在考场亮出新的试题
该如何擦亮瓷国皇冠上的金箔
应怎样重塑千年古镇的魂灵

啊，景德镇，春天已经降临
你是否正铺开稿纸，研墨挥毫
欲抒写心中翻卷的激情
愿和煦的春风给你送去灵感
新作中有更为高远的意境
愿充沛的谷雨为你注入才智
开出的诗花艳若云锦，香比兰馨

2015 年

哈哈罗汉

雕塑大师刘远长创作的瓷雕《哈哈罗汉》，广为海内外人士喜爱，几十年畅销不息。

一见你那模样
人就得哈哈

眉弯作虹影
眼眯成月牙
嘴裂为喇叭
肥头大耳的憨态
胖体上滑褪的僧衣
哈，活脱脱一尊乐菩萨

是笑俗世蝇营狗苟
是笑庸人尔虞我诈
还是提示芸芸众生
即使苦海行船
也得心胸豁达

哦，你满脸笑容
竟无一语作答

2015 年

彩绘女

她有过灿烂的岁月
和一张曾经灿烂的脸庞
因为瓷上彩绘的能耐
大照片贴在宣传橱窗

时光搓糙了她的容颜
也搓旧了昔日的风采
那双舞动过画笔的巧手
如今指挥着擀面杖

厂子关了,双双下岗
丈夫去私企打工
她撑一个早点摊
给为成家奔波的儿子
输送一片阴凉
有熟人喊声女劳模
她咧咧嘴,一脸阳光

2015 年

风火仙师

在景德镇古窑民俗博览区内,有一座风火仙师庙和仙师塑像。

为了那口
奉旨烧造的特大龙缸
不盛满窑工的泪血
你以三十二岁的生命
同炉膛的火魔较量

烈焰化你为青烟
化为享受香火的仙师
而仙师的目光迷茫
大爱为什么总伴有大悲
凡胎与神位的距离多长

2015 年

你在说什么呢，昌江

星光下曾听你浅吟低唱
大雨后又见你喧喧嚷嚷
流一江碧水淌一腔心事
你在说什么呢，我的昌江

是唠叨离去不久的往事
含几分无奈，几丝忧伤
垦荒者伐木人蚕食植被
淘金人采沙船撕裂河床
山体裸露嶙峋的瘦骨
湖塘藏不住肮脏的脸庞
黑烟向蓝天肆意涂抹
污水让鱼虾伤心绝望

是笑谈刚揭开盖头的新貌
娇羞和舒畅全写在脸上
从浯溪口水利枢纽到鱼山镇
百里风光带将穿上靓丽的衣裳
西河水系、森林公园、航天小镇
新姿容已换来市民的赞赏

啊，昌江，瓷城的母亲河
理当与蓝天和青山相伴
一座宜居宜业宜游的城市
怎能盖上脏乱差的印章

为追逐经济而牺牲环境
即使能博取短视者的夸奖
也逃不脱子孙们谴责的目光

啊,我的昌江
旧橹已被时代遗弃
新船正从你碧波上起航
愿乱云不纠缠掌舵人的眉峰
愿阴风不吹软水手们的臂膀
愿母亲河一路都笑声朗朗

2016 年

昌江采景（二首）

三间庙

一处码头，两条街巷
每块砖石都刻满沧桑

踩一踩锈了青苔的石板路
谁能记起她往昔的辉煌

商贾穿梭呀舟帆蔽江
她让这座古镇四海名扬

别嘲笑这位衰老的母亲
因为她养育出健壮的儿郎

扬湾

群山接踵，竹海苍苍
羞怯的扬湾深闺中隐藏

她产过瓷土，却未能同高岭比肩
她起过红军，也难与瑶里争光

好在有藏不住的灵山秀水
替幽静的山乡发出声响

去休闲去登山去漂流
游人的笑声在山林中回荡

2016 年

徽饶古道

一条超长的老蛇
蜿蜒于冷寂的山林
身躯是布满沧桑的石条
老蛇是慢慢咽气的
只有落叶与荒草给它送葬
野兔山鸡偶尔会来凭吊

山民嘴里能挖出它许多逸事
关于瓷与茶,木材与食盐
幸亏地方志不喜新厌旧
甜甜地写满了一页功劳
但挑夫的歌只响在未死的梦里
商贾的灯笼火把也虚无缥缈

数百年的修炼能成正果吗
脱去蛇皮,披上龙衣
同汽车的轮胎亲密拥抱
可惜国道没给它收编转正
动车还在不远处打着呼哨

也许只能活在泛黄的岁月里
如同山民屋顶的炊烟
和院落里的鸡啼狗吠
也回不去从前的热闹

2016 年

私语龙珠阁

　　龙珠阁建在市中心的珠山之巅,为景德镇地标建筑。

成年累月站立山头
是否疲乏寂寞
脖子伸得再长
也望不见窑火熊熊
听不到百里陶歌

无法回头的岁月
何苦在眉间紧锁
问一问身旁的昌江
再坚固的桥墩
可否挽住流波

即便缩为一枚印章
留存于瓷器的底部
也提醒天下购瓷人
你千年的家谱上
长期有珠光闪烁

　　　　　2016 年

轻歌陶溪川

曾经是一位年老体弱的母亲
却脱胎成容光焕发的婴孩
落地时的啼声激越嘹亮
满月时的笑容艳若霓彩
陶溪川啊,你这奇妙的园区
用什么魔法迷住了世界

二十二栋历经风雨的厂房
墙角下还有宇宙瓷厂的青苔
老车间老窑炉依然屹立
旧楼房旧水塔至今没拆
多亏了中外设计师灵光闪射
浴火的凤凰才展翅飞来

步入陶瓷工业遗产馆内
历史的烟尘迷离了双眼
锈迹斑斑的制瓷机械
沉睡多年的窑炉砖块
引领你穿行于古镇
那无法返回的年代

在人声喧哗的文创街区
青春的气浪扑面而来
创意集市琳琅满目的摊位
国际工作室张扬个性的瓷胎

是瓷城与世界对话的窗口
是青年艺人放飞梦想的舞台

陶溪川，你这奇异的园区
为珠山锻造一张亮丽的品牌
让古朴与时尚水乳般融合
让传承和革新恋人似相爱
你使艺术和商贸巧妙沟通
又把创业与旅游编织为纽带

瞧，相机里挤满了意外的收获
心和双脚依然在园区里徘徊
今晚，陶溪川会赠我缤纷的梦
明天，愿我的诗笔下春暖花开

2017 年

窑里佬

分不清这称呼的褒贬
它在耳畔陌生了许多年
先前热络如今天的大师
在瓷城的街巷横冲直撞

窑里佬叫起来脆崩崩
仿佛他们粗鲁的谈笑
柴灰与煤粉已嵌入肌肤
高温使裤兜也成了累赘
窑屋里难见到女人的踪影

火焰把坯胎烧成了瓷器
火焰将窑工炼成了粗人
窑里佬不理睬带刺的眼色
却牵挂匣钵里货物的成色
喝酒划拳时会高声嚷嚷
老子的祖宗叫风火仙师

2017 年

写给停烧的镇窑

几十米高的身躯
依然威风耸立
飞鸟从身旁掠过
一声鸣叫
该是友好的示意

听不见窑工的呐喊了
呼啸翻腾的烈焰
化作凋谢的记忆
冷寂的窑屋中
解说员的声音
点亮了游客的眸子
也碰痛了你的瞌睡

还在温习芳华的梦吗
为皇帝的赐名笑歪了嘴
还在车轱辘式唠叨
阿毛不该被野狼叼去

想枝头的鲜花不谢
去画师的笔端寻找吧
老子先前阔呀
滴落着阿 Q 的口水

或许南方吹来的海风

能擦亮你惺忪的眼
那高高的烟囱上
会沐浴新的晨曦

2017 年

拉坯师傅

刚过十岁,就与辘轳车为伴
玩过尿液拌黄泥的小手
从此要与白泥厮守
用搅棍旋开未卜的人生
没算过有多少件瓷坯
从你手下走进窑炉
走进千家万户,走进
海内外的博物馆和展厅

如今已腰弯背驼
不再为生计忙碌
依然坐在古窑的作坊里
拉出各种瓷坯,也拉长
外地游客眼中的痴迷
和暮色苍茫的传统工艺

     2017 年

瓷石矿的水碓

走了两千年,才走到终点
流水依旧,石臼还在
而碓杵被锁住咽喉
不再日夜发出
咿呀咚的喊叫

喊叫渗入过瓷的骨髓
喊叫鲜润了这座古城
驼铃摇醒的丝绸路上
也能听到你的回声

还想同诗人一起咏叹
"碓厂和云春绿野"吗
机器主宰的世界里
你躲不过淘汰的命运
做一块沉默的化石吧
也许碓头上鸟儿的私语
和游人拍照的闪光
会送来几许安慰

2018 年

古瓷片

是明清抑或宋元
它从御窑里走出
因一丁点的瑕疵
被丢弃在泥土里
从此壮志未酬

不知是哪把锄头
从几十米的地下
让它重见了天日
没想到进了古玩店
勾住了收藏家的目光

高价住进了精致的橱窗
它没有云开日出的兴奋
甚至仍摆不脱悲伤
一次次向自己发问
这就是我的尊严和理想

2018 年

写在御窑厂遗址公园的诗行

多少回走过东门头的街衢
多少回爬过龙珠阁的阶梯
原以为它只是闹市的中心
谁曾想脚底下有国宝在沉睡

它曾是历史悠久的御窑厂
生产过数不清的精美瓷器
在华夏漫长的制瓷史上
书写出令人惊叹的传奇

多亏了考古家敏锐的眼睛
留住了古文明闪光的记忆
多亏了公仆们的见识与魄力
把办公楼撤出了这块黄金地

这才有皇冠上明珠的重见天日
这才是老城区保护的宏大手笔
一座历史悠久的古老城镇
理当护卫好祖先的遗存
一座名扬四海的世界瓷都
理当有与世界对话的底气

多喜悦这座国家级考古遗址公园
将展现在中外游客惊诧的眼里
多欣慰景德镇在"申遗"的试卷上
又交出一份亮丽的答卷

2018年

悼中国工艺大师戴荣华君

你的画笔满蘸神奇
白瓷上荡漾生命的气息

笔下的仕女百媚千娇
能听见稚童玩耍的笑语

你使衰老的古彩焕发新容
摆弄粉彩也如鱼得水

瓷商与收藏家踏破门槛
大师的名号完全凭实力

突降的噩耗惊扰瓷城
莫非上帝也迷恋你的技艺

寒舍悬挂着你馈赠的国画
憨态的女童在喂养雏鸡

来访的友朋无人不赞
画作的神韵力透纸背

未赶上到灵堂鞠上三躬
不忍看"好朋友"三字的画题

一首小诗可否载去愧意
我仰头望天,天却无语

2019 年

伫立在唐英铜像前

早该塑一尊巍峨的铜像
偏偏迟缓了二百六十多年
在陶瓷史册的楼梯上攀爬
没发现有谁可以跨越
你对这座古镇的贡献

一个生于冰天雪地的北方人
一个伺候过皇族的包衣
在故宫养心殿仰望苍穹
何时能扇动翅膀
去搏击红墙外广阔蓝天

终于等来了出笼的岁月
四十七岁才奉旨离京
来到这山青青水长长
又烟雾缭绕的江南小城
与白泥窑火结下不解之缘

衔了五品钦差的官印
却视乌纱为过眼云烟
换上溅满泥点的短衣
杜门谢交游,俯首学技艺
欲驾驶一条陌生的航船

左肩为责任,右肩是钟情

督陶官岂能在雾海里游泳
采石、练泥、拉坯、烧窑
和工匠们同食息三载
执意完成从泥到瓷的窑变

凭一腔良帅坐帐的底气
和一颗恤工亲民的仁心
你拉满除弊创新的弓弦
改革陶务,躬自指挥
让古镇的瓷业日上中天

研制的色釉开出神秘之花
创新的品种争奇斗艳
每年以万计数的精美产品
使唐窑的赫赫声名
在海内外久久流传

啊,你在养心殿未曾梦见
理想的双翼会往小镇上盘旋
二十多年的汗水和智慧
结出一代陶圣的硕果
收获的赞誉竟堆满车船

你尝过职务承担的风险
本可以因功提拔呀
却三次递交辞呈
执意专司窑务,婉拒
在关税的肥缺上升迁

是陶瓷的魔力迷了心窍
是镇人的情意在血脉中奔腾
临终前在异地的病榻上
还用昏花的眼寻找
御窑厂那滚滚的窑烟

我未带花束和香烛
只围绕铜像转了三圈
一圈对陶圣的敬意
一圈表良吏的怀念
一圈问瓷城兴衰的根源

2019 年

玲珑

瓷坯上它曾经千疮百孔
被釉液封闭了伤痛
出窑后变成了新贵
取个动听的名字叫玲珑

青花伸出疼爱的手
装饰它挂满泪珠的容颜
在展厅与商店的货架上
它持久地享受殊荣

美丽真要痛苦地付出吗
蝴蝶不留恋它出生的蛹
不知道整容术的发明者
是否从玲珑瓷上受过启蒙

2020 年

三宝村的蝶变

记忆库中，你是一枚不起眼的蛹
蛰伏在瓷城东南角的山地
马鞍岭有我砍柴的足印
杨梅亭洒过采橡子的汗水
破旧的村舍难觅撩人的风景
解闷时唯有瓷石矿叮咚的水碓

多亏你取了个响亮又吉祥的地名
更迎来创新转型脱贫致富的春雨
仅仅十来年的整治与改造
一个封闭衰落的陶瓷古村落
蝶变为景德镇靓丽的新名片
从山沟沟中色彩斑斓地飞起

那用窑砖和碎瓷片垒砌的陶艺墙
对中外游客吹送着古朴的气息
那绿树掩映溪水环绕的手工作坊
工匠们的巧手在放飞神奇
艺术聚落里匠心独运的建筑
把观赏与实用巧妙地汇聚

一块三宝国际陶艺村的招牌
引成千上万名创客和景漂族
来这儿追逐陶瓷文化的梦想
来这儿施展研发设计的才艺

陶艺竞技又兼具生态旅游
真该为这金点子竖起拇指

记不清我在三宝路上多少次来回
也不知给外地亲朋发过多少信息
来瓷都千万别忘了去三宝瓷谷呀
带几件小巧的陶瓷珍品细细赏玩
携一怀古村落酿制的乡愁慢慢品味

2020 年

第二辑

昌南湖抒情

等待

我是一枚大海的螺贝
被潮汐遗留给夜的沙滩

我思念蓝色的故乡
思念浪的呼啸，涛的呐喊
珊瑚礁旁伙伴的游戏
长风亲吻疾驰的桅帆

我怀恋熟悉的家园
怀恋欢乐的鱼群
喧闹的港湾
朝霞中金色的海面
星光下水波的斑斓

我焦急地等待下一次潮汛
带给我故乡的呼唤

1983 年

轮椅,滚动在中国大地

轮椅,滚动在中国大地
一路电闪,一路惊雷

让开,我四肢健全的兄弟
当心红灯绿酒泡软了躯体
让开,我顾影自怜的姐妹
花前月下已耗去过多的精力

还在抱怨成才缺少条件
还在计较付出多于获取
十字街头,你还流连忘返
名利场中,你还常去搏击

轮椅,滚动在中国大地
一路钟敲,一路鼓擂

莫庆幸你不曾高位截瘫
别陶醉于你开花的年纪
在张海迪小小的轮椅前
堂堂七尺也只有羞愧

跟上吧,跟上这把轮椅
踩着那两道闪光的轨迹
让它在心田拓一条路
像她那样活
人生才不会萎靡

　　　　1983 年

残红与落叶（二首）

残红

那时我娇艳地显赫在枝头
风也来献媚
蝶也来追求

如今风韵被流光洗掉
只有污泥浊水将我收留

凭投机发迹的人们
该看看我的今日
想想你的今后

落叶

诗人呵，请不要为我叹息摇头
也别用刻薄的字眼对我嘲笑

倘若我永久占据高枝
哪会有新芽吐绿，花儿含苞

1983 年

老人墙

　　那些年，面临大街的瓷都饭店围墙边，常常坐着成群的老年人，行人戏称"老人墙"。

这高墙下真是美妙所在
有洁净的水泥地
和街树酿造的阴凉
看不够的彩色宽银幕
听不厌的立体交响

避一避儿孙绕膝的热闹
躲一躲老伴离去的冷清
到这儿来哟这儿来
闹市的一隅辟着港湾
悄悄卸下疲累的风帆

一支烟烧掉半个太阳
一盘棋杀掉喧嚣的市声
静时，让目光洗濯每片落叶
兴起，把"草鞋码头"的纺车
从早晨摇到黄昏

衣袋里退休证的红皮儿
烤香了夜里的鼾声
只是心的一角仍荒芜着
于是，来这高墙下寻找

种子和耕耘的犁铧

年轻的路人们
追你的球赛、迪斯科去吧
奔你的剧场和公园
只请不要用白眼和鼻音
读老人墙下的故事

    1984 年

写给水族（四首）

蚌

用两扇褐色介壳
隔开了一江春水
在自设的囚房里消磨时日
幽暗派生出苍白的躯体

有什么追求呢
不就是为了
女人脖子上的项链
和餐桌上几声廉价的赞美

虾

如果胡须也是智慧的标志
水族中该数你聪明伶俐

"倘若想生活中没有风险
快去掉那无用的脊梁吧"
难道，这就是你给人类的启迪

鳝

就因为一身溜滑的皮肤
你才趾高气扬，沾沾自喜

毁坏田埂，钻穿岸堤
污泥中出入，穴洞里藏匿

能永远逍遥得意么
菜场上，我凝视卖鱼人的弯刀
禁不住沉思，禁不住叹息

龟

哪怕一丝儿风吹水响
也立刻躲进坚固的"堡垒"

虽生有蛇一样的脑袋
却不能像蛇一样搏击

纵然长着四条壮实的腿脚
那只为匍匐，决不为站立

哦，我总算明白了
你长命百年的秘密

1984 年

五月的骄傲

历史经几个世纪的阵痛
芝加哥才分娩出
一声嘹亮的婴啼

领受过巴黎的圣水
五月,从此骄傲地走进
劳工法和历史教科书
走进每一枚茧花与汗滴
三十年前的这一天
我从父亲黧黑的脸上
捕捉过孩子般的笑容
和一个神圣字眼的含义
如今,我也该把这微笑
轻轻地、轻轻地种在
女儿天真的心里

1986 年

四月的江南

四月的江南
天妈妈要嫁女儿
那么多眼泪
昼夜流不尽
屋檐下放一辆纺车
夜夜摇她的叮咛

江南的四月
大地也爱串亲
挽一篮鲜菇蕨菜
提两筐肥嘟嘟的竹笋
在大街小巷吆喝
都市里飘荡着乡野的温馨

     1986 年

小人儿

妈妈快瞧
您眼里有个小人儿
那就是你呀,宝贝
我怎么到你眼睛里去了呢
妈妈怕你跑丢了
把你藏在那儿
你去上班,我也要藏住你
妈妈乐了,眼睛眯成一条缝
妈妈妈妈,我怎么那么小呢
在妈妈眼里
你永远是个小人儿
那——,在我眼睛里
你总是挺大挺大的吗

    1986 年

在"希望的田野"上耕耘

一个普通的名字,在词典里
站立了几千年
一种平凡的职业,在地球上
延续了几千年
这名字,不曾写进煌煌史册
也难得变成报刊的头条新闻
这职业,无法换来迷人的财富
也未能赢得显赫的名声

可是,普通并非渺小的别名
平凡,却标志着崇高的献身
为此,我要深情而自豪地宣告
教师,将与日月争辉
教师,将同天地共存

每天,我迎着初升的太阳
走进宁静的教室
走进饥渴走进期待
走进一双双探求的眼睛

在那心灵的土壤里
我辛勤地播种
在那希望的田野上
我默默地耕耘
岁月,随着流云悄然逝去

白发，踩着钟声爬上双鬓

也许讲台和黑板分割的青春
缺少一种诗情
也许生命与粉笔一道磨损
会招来叹息和怜悯
有人说，教师是流泪的蜡烛
照亮了别人，却烧毁了自身
也有人说，教师是烹调的食盐
人人需要，就是卖不起价钱

亲爱的朋友啊，您可曾想过
能做一支照明的蜡烛
生命在奉献中便获得永恒
而一个国家，一个民族
缺盐，该是何等憔悴的容颜
没有教师，人即使可以站立
也只能在历史的山道上蜗行

说我清贫，也的确清贫
清风两袖，粉末一身
布衣素食常年相伴
豪车别墅一生无缘

说我富有，也可谓富有
英才济济，桃李满园
每年的教师节和春节
那蜂拥而来的电话、短信
温暖我平凡又不平凡的人生

啊！我真应该感到欣慰
为几十年不曾抛荒的人生
我更应该感到满足
为这份职业带来的甘甜
如果有来生，职业可选择
我会向上苍高声请求
给我讲台吧，赐我教鞭

              1992 年

入学通知书

你牵了霞光从学校归来
捧回一张纸,半页书大
哦,女儿,那是你远航的船票
也是我情感的锉刀

你放飞了,去大城市
丰满自己的翅膀
搜索人生的坐标
不会再绕飞这座小城
和枝头上孵化17年的巢
此后,怕只有电波的火花
能让你在飞翔中回眸
难得的短聚
也只是小时候在湖边扔石
一串波纹之后,依然静悄悄

我对自己说,老家伙
该举杯庆祝呀
发什么醋泡的牢骚

    1994 年

会拉琴的父亲

是做幼子的幸运,爷爷咬牙
送他读了三年私塾
能写一手好看的毛笔字
后来还学会口琴、二胡
原本有希望穿上干部服
但他不喜欢开会和应酬
选择回村做一个菜农
整天与锄头粪桶为伍
日晒雨淋的苦日子
自然长不出飘香的花
多张口要投食补水
早早催生了皱纹和白发
他不爱管家里的柴米油盐
也不触碰子女们的书包
闲下来会叼根烟
眯着眼去抚摸琴弦
也学会忍受我妈的白眼
长大后我读懂了他的皱纹
也听出了琴声中的郁闷
偶尔会指认报纸上某位官员
嘟哝一句,他是我的熟人

1996 年

那只旧竹篮遗失了

你的身影常和它缠在一起
那只变形却泛出红光的竹篮
你挽它去池塘边浣衣
挽它去田野里讨猪草
挽它去瓷厂的窑房拾煤渣
支撑全家人踉跄的生计

一个城市边缘种菜的女人
一个只会按手印的文盲
一个拉扯三个孩子的母亲
一个羡慕女瓷工按月发饷的农妇

三餐饭都要你急匆匆地张罗
总是最后一个端碗
夜里丈夫和孩子鼾声起伏
你还在灯下飞针走线

你用竹篮打捞日头和月光
也打捞不便对外人吐露
但坚信不会落空的希望
再苦也要送孩子读书,起码
碗里有乡下人眼红的商品粮

不知更换了多少只篮子
直到子女们都在城里安家

直到手臂挽不动空篮
直到躺进了白色的病房

儿子家挂着你的遗像
也保留你睡过的板床
那腰子型的竹篮遗失了
儿子也不想在扫墓时
烧一只纸糊的篮子
再让你打捞岁月的凄凉

2002 年

孤独不会撞车

不想见人,搭话
甚至害怕看
孩子们快乐玩耍

闷酒烧不热心冷
烟圈的鬼脸
飘忽着找不到家

小道上遇见一个
被老婆蹬了的熟人
眼神拒绝交叉

擦肩而过,默默
像两道铁轨
孤独不会撞车

2009 年

思念的纤绳

你曾经劝慰
思念的纤绳
不要绷得太紧
话说得在理
因为那会伤神

但我又想
船在逆流中行进
纤路上误期太久
绳索的松弛
也许会毁了航程

    2012 年

他独坐湖滨

今夜月色朦胧
湖滨酿造安宁
夜风亲吻着树叶
秋虫在草地上弹琴

多么幸福的风哦
自由地向叶儿示爱
何等开心的虫哦
无拘地互诉衷情

但心被夜色踩痛
忧伤搅乱了湖中的波纹
戒律冷冻沸腾的血液
清规拦阻奔涌的激情
他嘶鸣的爱马
也只能在地下潜行

2013 年

船与港口

船在这港湾停了几年
终于厌倦了周围的景观
它欲悄悄离去
驶往别样的海岸

港湾默默注视着
这船航行的方向
也默默祝福它
航程里少一些风浪

2013 年

荷叶上滑过温润的风
——给友人

还要去低头捡拾
池塘边重叠的脚印
还要在枯萎的荷花里
收割褪色的笑容
你苦苦追寻的宝贝
只是，只是
荷叶上滑过温润的风

风走过许多池塘
它不会记住每片荷叶
短暂的交流虽然舒坦
但也只是人生之旅
千百次的萍水相逢
你痴情守候的宝贝
只是，只是
荷叶上滑过温润的风

2014 年

喜洋洋的团圆

也许是人生旅途跋涉的劳累
呼唤友谊的支撑
也许是儿孙们晃动的书包
长出一根怀旧的青藤
为了一次阔别后的重逢
多少人望眼欲穿,彻夜难眠

四十年久久的牵挂
四十年长长的思念
同学哟,你们都在哪里
老师呀,身体是否康健
电话中打听,微信里询问
都难以了却心头的夙愿

终于盼来一次兴冲冲的聚会
问姓疑初见,称名忆旧颜
握手泪盈眶,相拥话缠绵
开怀的笑语与歌声
回荡在母亲般温馨的校园

啊,亲爱的老同学
请珍惜这份情,记住这一天
当人世间虚伪的雾霾袭来
当红尘中势利的寒风扑面
学友们的窗户会亮起灯

灯下有真情点燃的火盆
灯下有厚爱汇聚的甘泉

2014 年

春天与校园

我爱你,春天
爱你艳阳高照,鸟声婉转
爱你细雨霏霏,柳丝拂面
爱你古镇外金灿灿的油菜花
爱你山坡上红殷殷的野杜鹃
爱你催种子从泥里醒来
爱你推春潮在心中翻卷
更爱你把和煦的春风
吹进我学习和生活的校园

我爱你,校园
爱你诗画般的景致
爱你朝霞样的笑靥
爱你图书馆翻书的声响
爱你课堂上饥渴的双眼
爱你电脑房键盘的起落
爱你实验室试剂的演变
还有晚会上青春激情的涌动
还有运动场血气方刚的奔腾

啊!我知道春天来之不易
要穿越夏的火炉,冬的冰川
我知道学校的成长史上
有无数汗珠滴落,才智闪现
从一所地方性高等专科学校
升格为今天的景德镇学院
几万名师生的脚步

跋涉了长长的三十八年

但春天笑了,古镇乐了
因为一所专业多样的大学
能为秋后丰收的果园
催生色彩斑斓的花木
会给以制瓷闻名的古城
抒写培桃植李的诗篇
祖国磅礴的交响乐里
也能听到她悠扬的管弦

我曾伫立在校训碑旁
想那"自强不息、泽土惠民"的警语
怎样化为老师和学生的信念
也常漫步于蝶湖桥畔
悄悄梳理杂乱的思绪
轻轻放飞理想的风筝
既然双眼已被春光洗亮
就不应让沙尘和雾霾遮挡
既然校园给了我知识的翅膀
就该去搏击风雨、翱翔蓝天

是的,我爱这江南的春天
是的,我爱这春天的校园
我把情思织进纷飞的谷雨
请它洗净古城的每块瓦片
我把爱恋化为滚烫的诗行
愿它在校园的上空久久回旋

2015 年

瑶里的梅树

一个雪天,我走进古镇瑶里
不为看汪湖原始的林木
不为听梅岭叮咚的泉水
不购名茶也不做陶瓷考古
我只想悄悄地追寻
一行远逝的脚印
一段红色的记忆

在静静流淌的瑶河畔
我发现一棵苍老的梅树
它傲视冰雪的冷酷
笑对寒风的淫威
以一片片粉红的花瓣
传递着春将降临的信息

啊!瑶里的老梅树
还记得80年前的风云吗
山窝里升起第一面红旗
那是方志敏、邵式平的队伍
来这里开辟皖赣游击战根据地
而新四军改编的遗址上
更刻下陈毅将军的足迹
他在"敬义堂"设立的招兵处
引500多个热血男儿走出深山
去经受抗战烽火残酷的洗礼

也许从这里迈出的几百双脚板

没多少能踏进天安门前的广场

但我知道瑶河畔的这棵梅树

同大江南北的梅花一起

给苦难的神州传送过春意

我看见共和国飘扬的旗帜上

也织进了这古镇红色的纤维

啊，瑶里，你这以瓷茶闻名的古镇

如今又凭灵山秀水、古建筑群

摘取了4A级景区的美誉

我愿游人们在饱览山光水色之时

能在这棵老梅树前驻足沉思

即使没赶上它开花的季节

目光中也会闪射出由衷的敬意

2016 年

有一种情谊

有一种情谊
植根在纯洁明净的心里
浸染着书本笔墨的气息
飘散出花季岁月的芳菲

有一种情谊
它排斥伪善,远离势利
不以地位区分高下
不以贫富划分等级

有一种情谊
苦雨中能给你撑伞
寒风里会给你送衣
得意时却不会给你献媚

有一种情谊
它隐藏在泛黄的照片
它沉淀于相聚的酒杯
它萦绕在温馨的回忆

有一种情谊
金钱难以收购
权势不可夺取
它是心灵结出的果实

有一种情谊
能经受岁月砂轮的打磨
可抵挡时光流水的冲洗
如久藏的美酒,浓香扑鼻

啊!如此宝贵的情谊
已融进你我的血液
它如日月经天,千秋永存
它如江河行地,奔流不息

   2016 年

昌南湖抒怀

栉几缕春风,顶霏霏细雨
我徘徊在昌南湖
借古镇这难觅的湿地
洗一洗迷离的眼睛
和淤积尾气的肺腑

三口人工湖虽略显袖珍
但闪闪的柔波和飘拂的垂柳
依然赏心悦目
更喜南湖山上的瓷塔
俯瞰三十米长的瓷龙
在中湖的碧水中起舞

啊!这块新辟的城市"肾脏"
凭什么如磁铁般吸引缠绵的恋人
贪玩的孩童和悠闲的游客
重复印下流连忘返的脚步
又为何让我的心潮和思绪
绕着湖畔起起伏伏

是的,我们没忘记走过的弯路
以为现代都市的宠儿
就该是马路纵横、高楼密布
而森林、草地、湖泊、花圃
只能逐出城建的版图

牺牲环境、追逐经济
换回的是大自然无情的报复

终于盼来了公仆们明智的决策
衡量政绩不仅靠GDP的数据
搞"绿色崛起"、建"生态之城"
"青山碧水必须严加保护"
三百亩的昌南湖湿地公园
正日夜施工，且初显规模

但我担忧地产商的鹰眼
已盯上这块肥美的猎物
湖水本该倒映蓝天、白云和花草
而不是住宅楼密密麻麻的窗户
天蓝、地绿、水净的美丽家园
理该是全体市民共享的财富

栉几缕春风，顶霏霏细雨
我在昌南湖边久久沉思
丰衣足食并非生存的唯一追求呀
生态环境也该是幸福的指数
为此，愿上苍眷顾这"生命之源"
能为瓷都人民持久造福

2017年

新版"社戏"
——乐平神溪村观戏

听锣鼓惊鸟,高腔遏云
豁牙的老戏台腾起笑声
任烈日当空,汗水洗背
树荫和草帽底下
闪烁着炙热的眼睛

迅哥儿别急着离去
文丑武角快出场了
咿呀的老旦也不再拖声
谁管它唱词能否听懂
追的是戏台下开怀的气氛

真以为影视能独霸天下
草根上长出的传统艺术
依然在乡间留存

2017 年

致沧溪

苍山叠翠，清溪逶迤
洗亮你的宁静与秀美
古朴的民居和青石巷道
飘逸出历史文化名村的气息

"三举五贡四十八秀"啊
一座烟火并不稠密的山村
却在浮梁县明清的史书上
挥毫写下才俊频出的传奇

但先祖的殊荣终成过往
蜚英坊该拥抱新的晨曦
重人才培育，延良好家风
挖生产潜能，抓绿色经济

啊，沧溪！千亩茶园万亩山林
是你致富路上的根基
在创建两个文明的征途中
盼你成为新农村飘扬的旗

2017 年

如果没有文学
——在现代文学班迎新年联谊会上的致辞

我曾想,如果没有文学的陪伴
我的退休光阴,干完家务
也许只能在歌厅、舞厅里磨损
也许只能在酒桌、牌桌上消耗
那样,我的夏天会不会凉风习习
那样,我的寒冬会不会暖阳高照

我曾想,因为有了唐诗宋词
尘封的历史才不显枯燥
因为有了"水浒""红楼"
才触摸到古人的肌肤与心跳
因为有了文学,古今中外的人物
才会和我交谈、争辩与说笑

能警示我正视民族劣根的
是因为有鲁迅的"阿Q"
能让我领悟命运的无常
是因为读了莫言的"白狗"
教我明白什么是纯真的爱情
那是舒婷在"橡树"下擂响的鼓角

啊!没有文学的陪伴
生活会变得平庸单调
精神会变得颓唐萎靡

世界会变得多么狭小
那缺少甘霖滋润的心田
也许会长满愚昧的荒草

多亏了老年大学这间教室
供我们在文学的温泉里浸泡
读书、赏析、练笔
采风、出刊、研讨
让我们借助文学班这道桥梁
增进学友的友谊，提升修养和情操

2018 年

打腰鼓的阿姨们

炫目的彩色衣裤
排成不甚整齐的队列
在新开的商铺门前
在扛广告牌游走的街道边

指望脂粉献点爱心
无奈脸上沟壑太深
但打鼓的双手依然有劲
鼓声会营造一份喜庆

也想试试交谊与广场舞
腿脚偏常同音乐较真
缺文化连玩也降点格调
好在腰鼓不讲究身份

老阿姨的忙碌儿女不懂
老阿姨也不捡拾路人的眼神
散场时彼此高声招呼
明天路远，早点出门

      2018 年

晨星

微亮的天幕上
挂着几颗灰白的星
趁夜色尚未褪尽
太阳还在地平线下
尽力眨动困倦的眼睛
知道即将下班
该把天空留给太阳
留给鸟鸣与马嘶
留给含苞欲放的花蕾
和露水吻过的草地
不会带着伤感与留恋
甚至有几分欣慰
有那么几只灯笼
夜行者不至于迷路
黑暗也不会那样窒息

2018 年

留恋与祝颂

当金色的曙光
擦亮枫树山的天空
当飘飞的谷雨
送来油菜花的香浓
我默默走在校园的路上
用留恋的目光
去抚摸每一栋教学楼
和树叶上露珠的晶莹

多么熟悉的一砖一瓦
多么亲切的每张脸孔
因为我和同事们一起
用汗水和智慧作犁铧
在这块希望的田野上
栉风沐雨，辛勤耕种

亲历过这所艰难创办的学院
怎样从荒废的老"共大"遗址
脱下丑小鸭的衣衫
换上飞天鹅的羽绒
亲吻过一届届毕业生的背影
拥抱过一批批新学子的笑容
那图书馆沙沙的翻书声响
那晚会上勃勃的青春舞动
几回回都悄悄进入梦中

啊！四十年的披荆斩棘

两代人的心血奔涌
却忽然间要和我挥挥手
忽然间要道一声珍重
心潮怎能平静呀
连脚步也难以轻松

可为了学院的发展壮大
我们又不得不狠狠心
我们又不得不忍忍痛
舍不得放弃又何谈获得
眼光短浅也许把机遇断送

我早已退休,无须为上班而奔波
本可以朝看云起,晚送归鸿
但单位也是我的家园
岂能置身事外,无动于衷
对于即将搬迁的学校
我会静静关注,默默祝颂

我关注搬迁计划怎样实施
我关注新校舍能否如期竣工
我关注在岗教师远途上班的辛苦
我关注教工的新居是否经济适用

我祝颂本科评估能一帆风顺
我祝颂今年招生会喜讯频送
我祝颂师生笑脸比春花灿烂
我更祝颂景德镇学院的前景
似飞奔的动车,如展翅的鲲鹏

2019 年

讲台

真没想到,一双脚
只跨过如此短小的距离
两米来宽的台面
泥土、木质或水泥的
支撑五十年的光阴

脚下纷纷飘落的粉笔灰
记录吐出的每个词语
以及酷暑中洒下的汗珠
也录下头上的青丝
演变成霜雪的进程

我站立的巴掌大岗位
已被一届届学生
用他们矫健的双腿
走成了辽阔的原野
走成了我必须仰望的高地

2019 年

给学生 H 的信

三十年了，你的记忆库里
还没删除我，一个
只上了一年语文课的老师
把你的作文在班上朗读
收缴过你躲在课本下的福尔摩斯

能理解你不愿回眸的心境
生存的海上风高浪急
水手只关注桨橹与航向
无暇去抚摸早已褪色的花季

职场不顺，家也解体
平静的语调裹着坚硬的叹息
这就是你逃避聚会的理由
把没混出人样的盾牌
去抵挡学友浓浓的情谊

字典里没有"人样"的释义
是高官巨商，还是明星豪杰
茉莉从不与牡丹争艳
大千世界何必处处攀比

孔雀虽有华丽的羽毛
却不能像鸽子那样高飞
人生绝不是物欲的盛宴

名利场终归是短暂的游戏

盼你能挣脱脸面的蛛网
盼你能跳出失落的徘徊
辽阔的天空虽然会有乌云
但大地依然为阳光所主宰

2019 年

母校的老大门
——写在景德镇一中 80 周年校庆时

守护着市郊一块高地
大门南开，与青山对视
夜夜目送归鸿
日日笑迎晨曦

八字形延展的台阶
用厚重的麻石铺就
一层层，如翻开的书页
一级级，似攀龙的云梯

没计算有多少脚板
从石阶上走过
来时步履蹒跚
离去携风带雷

真像一枚巨型河蚌
哪怕吸入的是沙粒
依然用心血
孕成发光的珠玉

80 岁该是耄耋老翁
你却春风依旧
在育才的蓝天上
雄鹰般展翅高飞

啊，突然间想起
你的乳名叫天翼

2020 年

雨停了

雨突然停了
正要出门
鼓鼓囊囊的提包
要不要再挤一把伞

几次与朋友聚
没下雨却带了那累赘
捎回一个绰号
套中人在生自己的气

可没带伞吧
又做了落汤鸡
妻子抛来的眼色
长满了刺

预报没说
几点钟还会下
带还是不带
我在门厅里迟疑

2020 年

栀子花

友人捧来一盆栀子花
叶片上坐着白色花蕾

无心当园丁的妻
随意置它于阳台上

没几天花开了
坚实的芬芳穿透门窗

一年只有一周的花期
搅乱了她的目光

为这短暂的喜悦
值不值费心去喂养

      2020 年

写在南湖红船上的诗行

这是一艘很普通的木船
行驶在嘉兴南湖的碧水里
它承受过烈日的烤炙
也直面过如磐的风雨

这是一艘很神奇的木船
行驶在亿万中国人的心海里
船舱内那本薄薄的"宣言"
给华夏牵来了红色的晨曦

鞭痕累累的中华民族
从此不再低头哭泣
积贫积弱的"东亚病夫"
从此焕发了勃勃生机

历经二十八年的内外血战
共和国在废墟上昂首屹立
历经半个多世纪的砥砺前行
一条巨龙在东方腾飞

两弹一星的研制硕果
香港澳门的成功回归
第二大经济体给世界的震动
一亿多脱贫人口喜悦的泪水

哪一件不是彪炳史册的丰功
哪一件不是震撼人心的伟绩
中国公民从未像今天这样受人尊重
华夏子孙从未像今天这样扬眉吐气

啊！树高千尺根深在沃土
万里征途要认准指路碑
我们怎能忘记红船上铮铮的誓言
怎能忘记镰刀斧头交叉的那面旗

整整一百年啊，几番潮起潮落
整整一个世纪，几度风高浪急
但红船没有停下前进的桨橹
劈波斩浪，把风帆高高升起

啊！南湖的红船，心中的红船
我用颤抖的手写下这几十行诗句
写下我对那面鲜红旗帜的讴歌
也写下我心中奔涌翻腾的感激

2021 年

一棵倒伏的老樟树

六百年的日升月落
几多朝代的风云变幻
都看在眼里,刻进年轮
疲惫与衰老掏空了肌体
再无力酿造宽阔的浓荫
该同鸟雀和炊烟告别了
不想打扰村民们的酣梦
选择深夜的暴风雨来送归程

村庄的叹息比叶片还繁密
但我无力承担守护神的重任
风调雨顺嘛,那是上苍的眷顾
人祸天灾,那是无常的命运
请把我的皮剥开吧
让渗透骨肉的香气
在这片土地的上空
化一朵迟迟不散的云

2021 年

两种乡愁

总在诗文中遇见
土坯茅草的村舍
水井边的青苔
小河及摇晃的木桥
耕牛在晒谷场反刍
炊烟挂在黄昏的树梢
诗人们用花蝴蝶的翅膀
去装饰日渐消瘦的乡村

果真如此迷人,咋不见
崎岖泥泞的乡路
屋顶钻进刺骨的寒风
烈日下喘息的庄稼汉
步行几十里上学的孩子
一辈子没见过汽车的老翁

站立的书写者不会腰疼
在浸透诗意的乡愁中
他们早已悄悄出走

    2021 年

第三辑

卢森,你美成了精灵

斗兽场

在罗马,不,全意大利
有哪一座宏大建筑
能与这圆形剧场相比
一次雷火,两回地震
和千年的风霜雨雪
让它顶塌墙损,形销骨立
但伟岸的身躯
残缺的竣美
依然引无数游人惊叹
古罗马人的强悍与智慧

也许老天爷不忍目睹
场内惨死的猛兽与奴隶
也许大地不堪听闻
角斗士以命相搏的凄厉
这才掀了它的顶盖
毁了它的容颜
给骄横的贵族一记耳光
给嗜血者留下惨痛的记忆

2009 年

比萨斜塔

我从佛罗伦萨奔来
只为卸下积压多年的悬想
与你初识是在书本中
在中学物理的课堂
伽利略的自由落体实验
扩大了你的名声与辉煌

并非设计师的大胆创意
却是大自然的小小伎俩
直立的高塔倒了千座
而倾斜的你却安然无恙
该不会暗示投机的人们
歪门邪道兴许也能命长

2009 年

圣马可广场

很多很多年之后/当我变得很老很老/说不动话/
也走不动路的时候/我会让我的儿孙们把我送回威尼斯/
在圣马可广场的某个角落里摆一把摇摇椅/身边是温暖而水一样透明的阳光
——拜伦《摇曳在水上的浪漫》

那么多游人涌向威尼斯
涌向她密如蛛网的水巷
我却婉拒了贡多拉的水手
痴迷徘徊于圣马可广场
那是拜伦和朱自清
用诗文亲吻许久的地方

高耸入云的四角星钟楼
富丽堂皇的教堂，总督府和图书馆
那雄伟的气势和活灵灵的雕刻
以无法逃避令人窒息的美
捕获了多少蓝色和黑色的目光
更有在游人手掌啄食的鸽群
每一片羽毛都散发出安详

拿破仑垂涎了
垂涎这"欧洲最美的客厅"
他把威尼斯搂进怀里
以为香梦能日久天长
但最终也只是个著名的路人

最美客厅不愿意为他陪葬

权势也许能征服某些美人

却难以把山水风光收进皮囊

2009 年

卢森,你美成了精灵

　　卢森是瑞士中南部小城,著名的旅游景点,我去时人口不足5万。

也许是上帝对瑞士的恩赐
也许是欧洲人对山水的痴情
才有这匠心独运的杰作
才有这画卷般迷人小城

铁力士雪峰向蓝天挥手
湖水与小河比玻璃还透明
三百米长的彩绘廊桥
黏住过众多文豪的双脚
精致的中世纪教堂和塔楼
牵引我融入古朴的梦境

草地镶嵌童话般的木屋
古街的商铺姥姥似温存
尤喜湖中貌似贵族的白天鹅
伸出长颈与游人亲昵
引各种肤色的情侣和儿童
荡漾起甜脆的笑声
一句告别词突然闯进脑海
卢森,你美成了精灵

2009 年

巴黎短笺（组诗）

圣母院

用特异的造型和辉煌的雕刻
谱成一曲"石头交响乐"①
在静静的塞纳河畔
演奏了八百年

如果没有美丽的吉卜赛女郎
和貌丑的敲钟人的故事
那些动人的音符未必会如此嘹亮
也未必会飘散得那么遥远

① 雨果对巴黎圣母院的赞美。

埃菲尔铁塔

像一支巨型圆规
矗立在协和广场
一万吨大小不一的钢铁构件
被埃菲尔缝制成惊世的嫁妆
真愿意变为一只青鸟
从塔尖俯瞰全巴黎的风光
可惜只能渺小于塔底
仰望浮云舒展我的遐想

凯旋门

欧洲有百余座凯旋门
谁有它盛名远播
雄伟凝聚于每块大理石
威严漫上了四座门墩

滑铁卢重伤法兰西王朝
一代枭雄魂归荒岛
摸一摸那冰冷的门柱
我听见拿破仑雄狮般的咆哮

在卢浮宫两小时

心和目光慌乱又贪婪
数以万计的艺术珍宝
每一件都勾魂摄魄
导游只允许我亲吻几秒

在镇馆三宝前我停下脚
细细品味维纳斯的断臂
无头胜利女神飘飞的衣裙
和蒙娜丽莎永恒的微笑

仅仅十几分钟迟来的眼福
消化了我远涉重洋的辛劳

2009 年

枯叶蝶

在峨眉转了几天
没见枯叶蝶的踪影
小商店买回四只蝴蝶标本
哈，不贵！二十元

回家邀老妻观赏
三只普通蝶没异样
但那只珍贵的枯叶蝶
暗淡我兴奋的目光

拆开镜框探秘
一句国骂冲出口腔
用树叶制成的翅膀
正嘲笑我的智商

怨谁？徐迟先生的名文
警示语言犹在耳
有一种生物比它还聪明
特技之一是作假与伪装

2009 年

远方的山水

不是只有珠宝的闪光
才会洗亮眼睛
不是只有情侣的笑颜
才会摇动心神
那远方的山水和风雨
竟然一次次入梦
几回回勾魂

搓热了家人担忧的目光
暂放下拥抱半辈子的书本
兴奋浓缩进车票机票
唯有默默的行李箱陪伴
去会见朝思暮想的恋人

这怪异的恋情也许该受谴责
因为从没想过厮守与忠贞

2010 年

关于北京的记忆（组诗）

再访京城，已雪染双鬓

首次进京，我乳臭未干
再访京城，已雪染双鬓
坐老年旅游团专列
去拾捡抛荒很久的青春
在故宫颐和园东张西望
在天坛十三陵听导游忽悠
又试试老腿儿的功能
蜗牛般爬上了八达岭

没敢再访清华园北大
怕年轻学子步履匆匆
不小心碰撞我
已结痂仍隐隐作痛的伤口
和藏着几分羞愧的神经

2011 年

在首都机场转机

第三次赴京，挂个虚名
我只是为出境玩玩
在首都机场转机
仅两小时，不允许瞎游逛

自觉软禁于2号航站楼
把北京浓缩进几万平方米

各种肤色在眼前走秀
南腔北调相互拥挤
拉杆箱拉出的风景
比不过长安街的璀璨
北海颐和园的秀丽
却装着形形色色的秘密

候机厅泡一碗"康师傅"
舌头在追寻烤鸭的滋味
身旁婀娜漂亮的空姐
哪一位会给我递送咖啡
此刻王府井商家该已打烊

嘿,老家伙又想入非非
你该考虑的是这趟远行
会埋伏多少辛苦与神奇
腰包里反复算计的钞票
能否扛得住导游的冷语

      2011年

心沉在绍兴

没有哪处景点,像它
屡屡勾住心与目光
每回相逢,离别
本想携回愉悦的酒香
却收割沉甸甸的脚印

初访时盯住百草园
但墙根下难觅何首乌
枝头上失踪了叫天子
再游时看咸亨酒店的粉板
是否擦去孔乙己的赊欠

而今白发苍苍,喜欢
在川流不息的游客中
相面师般观察
还有没有阿Q的子孙

站在景区画像前
看先生未舒展的眉峰
和手指间点燃的香烟

2013 年

在沈园断壁前

陆游与唐婉，本是
天造地设的情侣
谁料东风吹散情缘
两首断肠的《钗头凤》
能拧出几顿泪水

2013 年

沈从文故居

装满衣物的拉杆箱
也装满沉甸甸的敬仰
千里迢迢地追过来
终于见到了闻名遐迩的山城
和被文字煮成佳肴的沱江
还有面前这栋虽经翻修
依然古意森森的瓦房

镂空雕花的门窗
和那张从京城运来
诞生过《边城》的书桌
不停地在眼前摇晃
晃出 14 岁的乡下孩子
穿上不合体的军衣
在川湘黔 3 省闯荡
晃出戴黑边眼镜的大作家
用 900 多万个汉字
砌出一座座文学的高墙

不怀疑是张家界的奇山
孕出他的聪慧与倔强
不否认是沱江沅水的碧波
终年在游子的心头荡漾
被大山封闭的湘西
牵住湘伢子那支巨笔

款款地走向喧嚣的世界
让迷人的山水和古朴民风
驯服了中外读者挑剔的目光

多舛的命运曾迫使他泪别文坛
但锁链铐不住飞扬的才思
呕心 15 年的《中国古代服饰研究》
助白发苍苍的智者在寂寞中
开凿出幽深且辉煌的学术之矿

一辈子活得不怎么舒心
但有几人能在文学和文物史上
跃马驰骋，攻城夺塞
闪射出如此耀眼的光芒
在故居购一本先生的大著，且把
"星斗其文，赤子其人"的评语
题写在扉页，也镌刻在心房

2013 年

日月潭

老天眷顾不临海的南投县
群山中辟一块幽深的谷地
溪流雨水欢快地涌入
翡翠色的湖面风光旖旎
怪不得太阳月亮也会迷醉

你的芳名陪我在摇篮入眠
相见时却已年届古稀
欲灌瓶潭水携回大陆
过不了机场的安检哟
拾一块潭边石点燃回忆

哲人云民心是最伟大的力量
为什么推不倒政治的篱墙
余光中的《乡愁》不该有续篇
海峡的涛声应抚摸两岸

2013 年

吟越南下龙湾

是神龙下海处
还是鬼斧竞技场
数百座石岛千姿百态
在海湾上列成画廊
甲天下的桂林山水
哪有你雄奇豪放

   2014 年

乌镇剪影(组诗)

小巷

像江南所有的弄堂
狭窄又悠长
两边的屋舍挤挤挨挨
留下一线天光
石板铺成的地面
写满岁月的沧桑

小巷里人来人往
南腔北调相互碰撞
导游旗迎风招展
喊游客去观前街 17 号
看一栋并不起眼的楼房
它降生过一位文学巨匠

乌篷船

浙江的乌篷船很普通
浙江的乌篷船又很神气
因为它迎送过绍兴的"迅哥儿"
又拥抱过乌镇的"雁冰弟"

如今的乌篷船更加兴奋
每天载游客在河道寻觅

祈求船夫的每一次划桨
会招来文曲星的灵气

余榴梁钱币馆

一个叫余榴梁的土著
对金钱如此痴迷
痴迷得近乎犯傻
用 40 年的精神与财力
换回不做交易的货币

两万多种历代钱币收藏
涵盖了两百多个国家和地区
十多部关于钱的专著
让我"钱眼"大开
从脚底升腾起敬意

    2017 年

阿联酋短笛（组诗）

初识迪拜

半世纪流动的黑色金子
灌满了原住民的钱包
骆驼背上的时针停摆了
奢华缠住了每一座高楼

波斯湾海峡

是风帆酒店的召唤
海鸥们兴奋地绕船飞翔
两岸的摩天楼争奇斗艳
放飞建造师缤纷的梦想

与印度游客合影

白色衣裤，棕色面孔
哈里塔下我们萍水相逢
家国虽然相距万里
语言也难以沟通
凭一个友好的手势
镜头下也开出一片笑容

阿布扎比皇宫酒店

以 40 吨黄金装饰

一座八星级酒店
辉煌渗入了每一寸地砖
品尝过昂贵的"金丝咖啡"
我仿佛握住了
笑话刘姥姥的本钱

2017 年

埃及胡夫金字塔

屹立于开罗郊外的沙丘
看日起日落，听驼铃悠悠
四千年的风沙雷暴
仅仅给塔身添几许沧桑
却没让它低下尖顶的头

用十几万农夫的血汗
费三十年可创造财富的时光
只为给法老修一座陵墓
祈求神灵对王位的庇佑
这举世闻名的奇迹上
每块巨石都刻写着残暴

别以为那高昂的头颅
和巨大沉重的塔基
是王权威严的化身
那该是蝼蚁们硬化的怒吼

2018 年

在庞贝石柱阴影下

我猜你有几分孤独
可怜的庞贝石柱
地震的淫威击垮了
世界第七大奇迹的灯塔
还有你四百个威武兄弟
古埃及文明也被战火烧毁
在沧桑中默默站立千余年
站成了亚历山大的城徽

"地中海新娘"的嫁衣在哪
纵然跃上你三十米高的头顶
也只见脚下凌乱的民居
眺一眼海那边的霓虹灯吧
贫穷别在北非土著的长袍
富裕流进了罗马人的酒杯
生育与毁弃的灯火
在地中海南北岸交织

临别,送两行普希金的诗句
它将倔强的头颅高高扬起
高过亚历山大石柱

2018 年

天池

向作美的天工鞠躬
谢它驱散了缠绵的雾霭
让气喘吁吁的各方游子
亲睹了被传说煮熟的
中国最高深湖泊的真容

宝蓝色的湖水倒映
十六座卫士般的山峰
那是大海愤怒的飞沫
巨蛋形的湖面
是火山怒吼的喉咙

水与火这对生死冤家
在冰天雪地的长白山
也能奇妙地相容

2018 年

拉网捕鱼

欢声惊动平潭岛
彩衣装饰了白色沙滩
导游租来一条渔船
内陆长大的娘儿们
忘情地在水边呼喊

颤抖抖地爬进船舱
乐滋滋地同渔夫攀谈
在近海兜了一圈
看渔网滋溜溜钻入海底
猜测有几条生命奉献午餐

拢岸了，网绳抛一条弧线
拉网的号子比蜂蜜还甜
管不了裙裤干了又湿
管不了脸蛋儿有无风险
这拉网捕鱼的滋味
老娘今日也尝尝鲜

2018 年

红场上的地砖

走进红场,走进
俄罗斯的心脏
相机手机发疯了
穷追华丽的建筑群
克里姆林宫,吉姆商场
红砖砌造的历史博物馆
和洋葱头模样的大教堂

我将高看的视线垂下
抚摸条石铺成的地面
凹凸不平且貌丑
却射出坚硬的冷光
每一块都在讲述
1941年那次震惊世界的阅兵
几十万铁脚从它身上扑向
莫斯科郊外炼狱般的沙场

聪明的斯拉夫人不慕虚荣
没有更换这些古朴的石头
保留它的坚韧与粗犷
保留它对历史的崇敬
保留一个强悍民族的荣光

2018年

车行皖南

车行皖南
一路青山碧水
一路笑呵呵的春阳
黛瓦粉墙的徽屋
让心变酥,眼发亮

徽屋,你只适合于乡间
在绿野上顾盼
湖塘边梳妆
山水酿制的灵气
飘挂在你的马头墙

唉!谁把你驱赶到闹市
兵马俑般排列成行
让汽车的喧嚣
商铺蒸腾的浊气
腐蚀你清纯的模样

    2019 年

重游黄果树

三十年前初见
你白练似雪
声如雷响
我满头青丝
目视远方
摆出轩昂的姿态
扯瀑布做背景墙

今天再来访游
你依然奔腾飞泻
似万马脱缰
我却眼神迷离
发已覆霜

震耳的瀑声里
听见你声声呐喊
人生易老天难老啊
争什么功名利禄
算什么你短我长

2020 年

第四辑

浮梁茶曲

耕耘之歌

耳边响起钟声
校园顷刻宁静
整整衣领,定定心神
我微笑着走上讲台
走向处女地,走向幼树林
像老农抄起犁铧
我拿起书本和粉笔
在希望的土地上耕耘

眼前闪动着星星
教室荡漾着诗情
沙沙笔响
朗朗书声
我弹响心灵的竖琴
弹出眼中笑,弹散眉间云
像老农抄起犁铧
我拿起书本和粉笔
在希望的土地上耕耘

啊!我四季播种
我终生耕耘
祖国辽阔的疆土上
都有我金色的收成

1986 年

夕阳吐金也风流

分手在寒夜的车站
重逢在春天的街头
有多少话在喉间冻结
你凝视我头顶的霜雪
我打量你额上的犁沟

还记得牛棚拾烟蒂
还记得干校饮苦酒
如磐的风雨在心头堆积
我哼几句民歌解闷
你背几首唐诗驱愁

乌云早已消散
蓝天艳阳高照
岁月无多争朝夕
夕阳吐金也风流

1990 年

闯海

把苍白的炊烟收进衣兜内
把狭窄的板桥折进行囊里
临别灌一壶乡井水
走哇，走哇
我们闯海去

老守着家院刨食那是只鸡
老围着磨道打转那是头驴
树挪死人挪活
走哇，走哇
我们闯海去

外面的世界长花也长草
外面的世界有风也有雨
摸爬滚打这才叫人生
走哇，走哇
我们闯海去

   1993 年

寻找窑神

拾一枚珠山御窑的瓷片
挖几块湖田民窑的碎砖
穿过熊熊的千年窑火
去寻找佑陶的神仙

传说窑神是陶工童宾
血肉之躯在窑火中升腾
生命换来巨大的龙缸
龙缸里盛满陶工的苦难

传说窑神是美丽的少女
舍身祭窑感动了苍天
青春化作朝霞般的釉色
釉色里流淌着不屈的抗争
啊！传说只是古朴的意愿
窑火把答案写上了蓝天
一代代的追求，一代代的奉献
瓷工的英明世代流传

1997 年

油菜花开

春雨飘飘洒洒
催开了油菜花
遍野铺满了金毯
好美的一幅画

看见了油菜花
思念起爸爸妈妈
他们去远方打工
离开了温暖的家

妈妈你莫牵挂
我会听奶奶的话
爸爸也别担心
我功课不会落下
啊，家乡的油菜花
愿春风伴你到天涯
让爸妈闻闻家乡的气息
让爸妈消消打工的疲乏
油菜结籽时
盼你们早回家

2014 年

诗意景德镇

在物华天宝的江西
有一座风华千年的古城
它制作的瓷器名扬四海
它出产的茶叶香飘古今
秀美的山水如诗如画
淳朴的百姓勤劳聪明

在人杰地灵的江西
有一座诗意荡漾的古城
龙珠阁的飞檐扬起诗的旗帜
高岭山的矿井闪动诗的眼睛
昌江碧水飘过诗的风帆
古窑烈火炼成诗的精灵

啊，景德镇，诗意荡漾的古城
诗意浓缩进陶艺师的作品
诗情流淌在瓷博会的展厅
啊，景德镇，诗意荡漾的古城
你和瓷器缠绵千年的热恋
是一部久读不厌的诗经

2015 年

校园洒满阳光
——景德镇梨树园小学校歌

昌江泛绿波,梨树飘清香
美丽的校园洒满阳光
明亮新教室,宽敞大操场
丰富的图书馆,迷人的电脑房
我们的知识一天天增长
我们的身体一天天强壮

同学多友好,老师真慈祥
可爱的校园洒满阳光
诗词社学诗,合唱团练唱
足球场比拼,围棋队较量
我们的生活丰富多彩
我们的翅膀等待去飞翔

真诚勤奋,快乐健康
八字校训记在心头
今天我们是祖国的希望
明天我们是社会的栋梁

2017 年

浮梁茶曲

谁采碧天色
染绿浮梁县
峰峦叠嶂云雾绕
春雨洒茶园
水土宜陶也宜茶啊
物华天宝地
佳茗好摇篮
一瓷二茶走天下
香飘丝绸路
美名古今传

饮杯浮梁茶
清风起舌根
色艳香浓味醇厚
品后久留连
"从来佳茗似佳人"
东坡妙比喻
引人梦魂牵
今生不离浮梁茶啊
岁月添滋味
益寿又延年

啊！浮梁茶，浮梁茶
岁月添滋味
益寿又延年

啊！浮梁茶，浮梁茶
香飘丝绸路
美名古今传

2018 年

买茶去浮梁

购瓷选瓷都

买茶去浮梁

灵山加秀水

酿出美琼浆

红茶绿茗口碑好

色艳味醇厚

汤飘芝兰香

品一品呀尝一尝

让你眼明精神爽

购瓷选瓷都

买茶去浮梁

浮茶历史久

唐诗早传扬

如今种植科学化

茶客竖拇指

国家颁大奖

泡一壶呀喝几盅

让你终生难遗忘

2018 年

瓷都老科技工作者之歌

昌江碧水，千年流淌
珠山夕阳，万丈霞光
我们是瓷都老科技工作者
新理念新时代余热放光芒

科研科普，服务至上
建言献策，甘当桥梁
我们的乐趣是积极作为
我们的风采是老当益壮
紧紧抓住晚年的每寸光阴
让生命的乐章尾声也激越嘹亮
祖国建设，蓬勃兴旺
中华复兴，梦圆东方
我们是瓷都老科技工作者
新理念新时代余热放光芒

调研考察，奔走城乡
创新创业，奉献力量
用汗水浇灌科技的鲜花
用智慧抒写强国的诗行
紧紧抓住晚年的每寸光阴
让生命的乐章尾声也激越嘹亮

2021 年

第五辑

莫把诗关进象牙之塔(诗话)

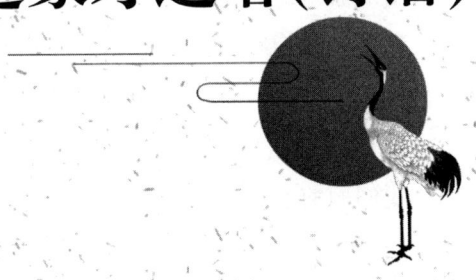

给语言穿上奇妙的衣衫
——浅谈"通感"在新诗中的使用

通感是一种修辞手法,在诗歌中经常使用。它打破人们的感官界限,将听、视、味、触、嗅感觉相互沟通转化,从而造成奇特的艺术效果,好像给语言穿上了奇妙的衣衫。请看例句:

歌声
像煞黑天上的星星
越听越灿烂
像若干只女神的手
一齐按着生命的键
美妙的音流
从绿树的云间
从蓝天的海上
汇成了活泼自由的一潭

这是老诗人臧克家《春鸟》中的诗句。多么奇怪的语言,歌声竟像星星,而且能听出灿烂,音流竟然变换成可见可触的活泼自由的水,不合语法和逻辑,可正是这些奇妙的句子,使得那迷人的歌声飘荡在读者耳际,画幅式展现在我们面前。

这就是被称为"通感"的修辞手法。严格说来,通感实际上是一种比喻,但又不同于一般的比喻。常见的比喻,无论是明喻、隐喻、借喻,喻体和本体之间要么属性相同,要么属性虽不同,却在相同的感官范围内。例如艾青以"柔软——/像草间流动的水"来比喻蠕动中的蛇,虽是拿液体比喻固体,但都在视角范围内。通感与此不同,它既可以不管喻体和本体的属性,也不愿受感官界限的束缚,它有意识地把属于不同感官的事物交错比附,使各种感官互相流通补充。"从密林深处流出绿色的歌声"(艾青),"去六月深处/多采些风琴的声音做标本"(傅天琳),这是听觉与视觉的沟通;"嚓嚓的切

糖声是这样甜/甜透了这一年冬天农家的夜"（骆晓戈），这是味觉和听觉的交错；"残月像一片薄冰/漂在沁凉的夜色里"（舒婷），这是触觉取代视觉……

正是由于通感冲破了感官的束缚，诗人想象的翅膀才得以自由飞翔，形象的塑造更鲜明生动，感情的表达也更自由奔放，诗的艺术感染力因此增强。

如果还要寻求通感别的作用，那么是否可以说增强诗的跳跃性，加快诗的节奏，使诗句更精练含蓄，也是它乐于承担的功能吧！

1980 年

莫把诗关进象牙之塔

近来，报刊上不断出现一些玄奥晦涩，使人莫名其妙的新诗，在读者和评论界引起争论。大多数读者和诗评家对这类诗颇有非议，但为它辩护、喝彩的也不乏其人。后者称这类诗给我国的诗歌艺术"带来了新的生机"，甚至说是"诗歌现代化的标志"，并大声疾呼：不要对它们"皱眉""非难"，还应该给那些"艺术的革新者更自由的空气"。

老实说，读那些似懂非懂，甚至完全不懂的新诗，我是常常会"皱眉"的。"诗贵含蓄"，有人以此为那些读不懂的诗辩护。我认为含蓄决不等同含糊与晦涩。我国旧体诗和新诗中都有不少较含蓄的作品，也很受欢迎。但现在报刊上一些新诗，尽管单个的句子能看明白，可诗的整体用意被深深地掩盖起来，让读者去猜谜。例如顾城的《泡沫》：

两个自由的水泡
从梦海深处升起

朦朦胧胧的银雾
在微风中散去……

我像孩子一样
紧拉住渐渐模糊的你

徒劳地要把泡影
带回现实的陆地

诗虽然只有八行，而我对他用意的猜测不少于八次。是说梦想不能代替现实吗？似乎没那么简单，再说，干吗要写两个水泡呢？这组诗前面几首都是写爱情的，那么这首也该是情诗吧，那两个自由的水泡，或许是指恋人一双活溜溜的眼睛，但仔细想想，又觉得这猜测未免可笑。很多读者都猜不透

这首诗的用意，迫使顾城出来解释，他是写"酷爱一种纯净的美，新生的美"，遗憾的是，没几个读者能分享他的这种美。

如果说像这一类诗，连同那些故意把句子写得半通不通的怪癖诗也都被列为含蓄诗，实在是对含蓄一词的亵渎。

有人指责读者看不懂这类诗，是想如吃蛋糕那样不花力气。这无疑不公正。有的诗尽管花了力气解读，依然无所获，或者得不偿失。不是连某些艺术修养较高的人，猜想了半天，还只是"仿佛猜到作者的用意"吗？是谁给了某些诗人把诗歌当作谜语来写的权利？置广大诗歌爱好者的喜闻乐见于不顾，去寻觅屈指可数的所谓"知音"，去进行极少数人沾沾自喜的"艺术革新"，是造成诗歌读者大量流失的重要原因。

诗人们，别孤芳自赏，更莫把诗关进象牙之塔，多写写能引起广大读者共鸣的好诗吧！

1983 年

诗要"四出"

一 出情

诗要"出情",这是不言而喻的,诗乃情感的产物。感情对诗来说,犹如生命。没有感情的诗只是徒具形骸的木乃伊。恩格斯曾引用过一句名言"愤怒出诗人",以此说明只有在激情汹涌时,才能产生动人的诗篇。

人有百样,情有千种。但不管怎样,诗中的情必须真挚。矫揉造作、无病呻吟是诗的大忌。杜甫的"朱门酒肉臭,路有冻死骨",抒的是真情,是好诗;李后主的"问君能有几多愁,恰似一江春水向东流",发的是实感,也是佳词。余光中一首《乡愁》写出了成千上万老一辈台湾人思念大陆的情感,感人至深,传颂海内外。顾城的"黑夜给了我一双黑色的眼睛/我却用它寻找光明",抒发了一代青年对十年浩劫的愤怒之情,成为新诗中的名篇。

二 出画

诗人有了思想情感,该如何表达呢?别林斯基说:"哲学家用三段论法,诗人则用形象和图画说话。"所谓"出画",就是借助鲜明生动的形象来抒情言志。诗人艾青说:"没有形象的诗只能爬行,却不能飞翔。"

诗要出画,诗人心中必须有画,画从何来,来源于现实生活。丰富的生活进入诗人的视野,他能够敏锐地感受和捕捉住生动的形象,通过联想、想象,再将加工后的画用文字表现出来。因此,诗中的画绝不是生活的实录、照搬,而是融进了诗人思想情感的,这也就是我们常说的"情景交融"吧。

三 出理

这个理,我以为指的是诗的立意。一首诗的价值,不仅要看它的艺术技巧,更主要的是看它的思想内涵。

诗要出理,不外乎在立意的高和深上下功夫。要立意高,诗人必须站得

高，看得远。应该为真善美讴歌，向假丑恶抨击。要立意深，则要求诗人具有入木三分的慧眼，透过事物的表面现象，发掘最本质的东西。诗的思想内涵要超出时代"思想的平均分数"，要高于时代"朦胧的火星"，对人生有更深刻的理解。

四 出新

诗要做到出情、出画、出理，不容易，出新则更难。新，一是指内容、创意，二是指表现技巧，包括构思、形式、语言等。

在内容上出新，诗人必须善于发现生活中新的事物、新的思想。即使是老题材、旧景物，也要另辟蹊径，写出人人心中有、个个笔下无的意思来。

在表现手法上，诗最忌雷同与模仿。构思的新颖独特，语言和形式的与众不同，往往让诗人们绞尽脑汁，煞费苦心。当然，我们也要防止某些一味猎奇、故弄玄虚的写诗倾向。

1983 年

新诗也要炼句

杜甫有句名言：语不惊人死不休。一首诗作，缺少点亮读者眼睛的词句，即使内容构思都不错，也不一定会成为脍炙人口的名篇。不少新诗作者，乐于在构思立意上下功夫，而不愿意在炼句上费力气。佳句难觅，是新诗流传不广的原因之一。

新诗也要炼句。前不久我读到青年作者雷恩奇一组《山乡的歌》（载于《诗刊》1983年第三期），耳目一新，十分喜爱。六首小诗，几乎每首都有奇句迸出，如《爸爸给我买了个魔方》中就有"长久空白着的心/诞生了一个彩色的太阳/我不必再用泥巴/塑着天真了"这样新奇的句子。另一首则用"晾晒场上，我拖着摊耙/摊开了一个金色的黎明/我的小女儿呢/正在花被窝里/搂着一个香甜的梦"这样的句子来表现改革开放后农民的喜悦之情。而在一首描绘打柴人回家的诗中，他又炼出这样动人的诗句："今晚，将用一根火柴/点出满屋的欢乐""新月似船/载我驶向村落/妻子，我回来了/能否在你的微笑里停泊"。像这类在奇特新鲜的想象中炼出的诗句，无疑增加了诗的艺术魅力。

愿我们的新诗作者，在注重构思立意的同时，也能像古人那样"炼精诗句一头霜"。

1983年

别出心裁

作诗最忌随人后，贵在创新。这已是诗人和读者早已认可的道理了。好诗，常在立意上独具慧眼，构思上别出心裁。立意独特，旧瓶能装新酒，不怕题材撞车；构思精巧，老树亦放奇葩。

读短诗《海峡》，曾为它弃庸脱俗、不落窠臼的构思所吸引：

母亲身上的

一条鞭痕

这样深，这样深……

我问波涛

是谁

这样凶狠、残忍

波涛没有回答

一行雁

正剪接着海空的云……

这首写祖国统一、台湾复归的诗作，能摆脱观海思亲、望月怀乡之类的俗套，仅借一新奇贴切的比喻，表达含蓄而深沉的感情。

相似的主题，台湾诗人舒兰的《瓶竹》，却从另一角度落笔：

虽然

我生活得很好

而且

仅凭一点清水

虽然

在有限的日光中

我的枝叶

仍然行光合作用

虽然

根须伸了又伸

　　却总不能触及

　　生我的乡土

诗人以瓶竹自况，浓烈的怀乡情透过三个"虽然"向读者扑来。咏物与抒情如此和谐，其手法令人称叹。

陆放翁云：诗无杰思知才尽。构思的巧妙与平庸，关系到诗的艺术成败。优秀诗人，每每于此标新立异，别出心裁。

1983 年

意象诗

意象诗用意象手法写成,作者的思想感情(意念)寄托于外界的自然现象而加以表达,读者看到的只有鲜明的意象。

新诗中的意象诗作为一个派别,首创于美国诗人庞德,但我国古典诗词中,不乏用意象手法创作的佳篇。如马致远的《天净沙》,叠用十个意象,写出天涯游子孤独无依的情怀。托物寓意也是旧体诗常见的手法。

意象诗大都简练含蓄,耐人寻味。美国诗人桑德伯格一首题为《雾》的小诗,仅四行:

　　薄雾像一只小猫

　　脚步轻轻地来到

　　静看港湾和树梢

　　然后悄悄地走掉

这首诗写出一种空虚寂寞的感情。艾青的《礁石》也只八行:

　　一个浪,一个浪

　　无休止地扑过来

　　每一个浪都在它脚下

　　被打成碎末,散开……

　　它的脸上和身上

　　像刀砍过的一样

　　但它依然站在那里

　　含着微笑,看着海洋……

诗中虽然只有赋予情感的礁石的形象,但读者分明看到了历经挫折、伤痕累累却乐观向上、不屈不挠的斗士形象,比《雾》更具积极意义。

1984 年

愿瓷都盛开烂漫的诗花

景德镇是瓷器的故乡，也是全国历史文化名城之一。在这块宝地上养育出难以数计的精美瓷器，也应该开出烂漫的诗花，结出丰硕的诗果。这几年，我市一大批诗歌作者陆续写出一些陶瓷题材的诗作，有的获得了好评。但总的来说，无论是质还是量，都还不够理想。

常常听到诗作者抱怨：找不到诗情，瓷厂生活单调，没什么可写。于是有人羡慕周游各地的诗人，以为只能在名胜古迹里采撷诗花；有的向往风云激荡的生活，视平凡为灵感的荒丘。这里面就有对生活热爱与否的问题。诗人李季曾语重心长地告诉诗作者：谁对生活失去了爱情，谁的创作生命也就终止了。只有用心灵去拥抱生活的作家，才能发现和捕捉到美的闪光。煤矿该不会比瓷业更丰富多彩吧，但工人诗人却接连出版几部很受好评的诗集。瓷城的诗友们，爱我们的家乡，爱我们的瓷工吧，用真诚的爱去耕耘灌溉，去换取金色的收成。

热衷于对瓷厂生活做表象的描述，罗列生产程序，搬弄名词术语，见物不见人，有景而乏情，这也许是佳作较少的主要原因。我市青年诗作者朱凯亚近两年在省市报刊上发表的几首作品，引人注目，就因为能从多角度揭示新一代瓷工的心灵世界。例如他在《白泥的歌》中写道：

我是一团有生命的白泥

初春，孕育着彩色的希冀

我寻找青春的价值，渴望冶炼

去领取"中国瓷城"鲜红的印记

我愿任你定型

任你雕、捏、镂、挤……

然后，穿过火的原野

向成熟走去

当代青年渴望有所作为、报效祖国的感情何其鲜明。他在另一首《瓷雕工抒情》中写道：

我的爱呀

耸起洁白的肩胛

扛着创造者的欢乐

走在现实和幻想的窑炉中

这些诗句不拘泥于生产过程和场景的描绘，不让机声、术语淹没了诗的本质，而着力于人的精神世界的开掘，这应该是写陶瓷诗的作者们关注的热点。

陶瓷诗要写出新意，说起来容易，做起来难。诗作者必须有一双慧眼，不仅能发现别人已发现的，而且能发现别人未曾发现的闪光点。南昌作者朱昌勤来趟瓷都，就写下了如此新鲜的诗句：

虽然，瓷工以古老的方式捏着泥

——捏着古老的记忆

但不是捏着一个僵硬的古迹

他们真诚地捏着我们这个世纪

它是生命体，没有死亡期

古窑里密封着崭新的业绩

要说是倒退，它倒退也是一种起飞

要说是复古，它复古也是一种开辟

——《唱给古窑瓷厂》

这想法未必是别的古窑参观者所具有，正因为新，也就显得奇，读来有味。

作为一个诗歌爱好者和业余作者，我多么希望在家乡这块土地上盛开烂漫的诗花，和巧夺天工、万紫千红的瓷器比美。

1984 年

关于陶瓷诗的对话

（一）

甲：彩绘姑娘，我真羡慕你！

乙：此话怎讲？

甲：你瞧，都是瓷业工人，唯有你倍受诗人的厚爱。十首陶瓷题材的诗歌，有八首是献给你的。像我们这些练泥的、成型、利坯、施釉、烧窑的，压根儿不在他们眼里。

甲：嘻嘻，这也值得眼红？

乙：哪里是眼红，是弄不明白，都是瓷业工人，贡献也不比你小，凭什么只有你才是缪斯的宠儿？

（二）

书房里，诗人正在摇头晃脑朗诵他的新作：一双描龙画凤手，牵来春光上瓷瓶⋯⋯

忽然传来轻轻的敲门声。

门开处，来人正是诗人要歌颂的彩绘女工，连忙请进。女工并未进屋，带点歉意说：恕我打扰，我想向您提点要求。

欢迎欢迎，请讲请讲！

您的大作，总是把我们的工作写得那么轻松，那么美好。其实，彩绘工是很紧张辛苦的，腰酸手麻，头晕眼花。再说我们还有孩子和家务的拖累、文化知识的贫乏、手工操作的落后，这些您能否也写一下？

诗人连连摆手：诗是高雅的，只有美的东西才配写入诗。

可我也听说，文艺作品应该是现实生活的反映，诗歌难道例外吗？女工说完这句话，摇摇头走了。

1984 年

多彩空灵的陶瓷新诗

如果说古代陶瓷题材的诗在题旨和技巧上还显得狭隘单调的话,那么新诗作者笔下的陶瓷诗无疑要广阔厚实得多。20 世纪五六十年代的主旋律是对精美瓷器和瓷工技艺的赞叹,对瓷工新生活和美好心灵的书写。而 20 世纪 80 年代的一个显著变化,是探索与反思的内容增多了。面对国内外市场的竞争,景瓷生产陷入困境,一批喝昌江水长大的年轻作者,对因循守旧的思维和落后保守的工艺提出了异议,以诗来表达他们的焦虑、困惑和重振瓷都声誉的呼声:

一个太阳的投影
将一部中国陶瓷史
禁锢在古老的圆环里
景德镇
被蒙住眼睛的岁月复制着
——《太阳不仅是圆的》

你曾经用一根根高耸的巨笔
在蓝天的素笺上抒发豪情
如今,只能在我心头的一隅
默默吐露黑色的忧郁吗
——《心中的小城》

忧郁中潜伏着追求,不满中跳动着希冀。

至于说到新旧陶瓷诗技艺上的追求,差异也很明显。旧体诗常把写实描摹、直白抒情作为正宗的技法,较少看到构思奇特、联想丰富、含蓄隽永的篇什。而 20 世纪 80 年代后的新诗作者,较少停留在对事物的描摹上,喜欢用隐喻、象征、物化、跳跃等手法来抒情发感。例如,一首为瓷雕工塑像的诗写道:

沥尽纷乱的夜

掏泥桶里

捞出一个洁白的早晨

一个湿漉漉的清醒

哦，一团白泥，晨光中

展开一块纯洁的处女地

中午的热烈，黄昏的柔美

列着队走过

我的追求，我的希冀

这样的诗，无论从构思的奇巧、手法的新颖、语言的鲜活上看，都闪射出现代诗的光彩和诗作者们在艺术上的苦心追求。

1991 年

白泥里开出的诗花

昌南古镇，群山环绕，一水穿城。山算不得雄奇，水亦难称灵秀。如果没有"上帝"赐予的那件宝贝，它也许只能在农歌樵唱中默默打发着岁月。

然而，高岭村一堆白土改变了古镇的命运，千百年来，它让多少农夫扑向这堆生长神奇的白色"精灵"，且教唐朝以前名不见经传的小镇，在瓷业高峰的宝座上，领受各方瓷业同行的朝拜。

于是，文学和艺术的凤凰也来此寻找栖身的梧桐。而作为最古老的文学品种的诗歌，无疑最早在白泥里开出诗花。

第一首陶瓷诗出自何人之手，已无从查考。按照鲁迅先生"人类是在未有文字之前，就有了创作"的论断，它也许就诞生在目不识丁的陶工的口头。真正属于文人创作的陶瓷诗作，较早出现的，恐怕是《全唐诗》收集的。李白、杜甫、白居易、柳宗元、陆龟蒙等，都写过与瓷有关的诗，不过，究竟有几首是吟诵景德镇瓷器的，倒是个待解之谜。相传唐代陆士修的"素瓷传静夜"，是较早提到昌南瓷器的诗句。

不仅是骚人墨客、官吏乡绅乃至皇帝写过咏瓷诗，还有大量瓷工们口头创作的歌谣，陶瓷艺人的题画诗，数量可观。可惜因为少有人收集整理，流失甚多。现在被收集的选本，主要是明清以后的部分作品。

在新中国成立之后，在景德镇的地域文学中，以陶瓷题材为核心的诗歌作品，依然独占鳌头。几十年来，专业和业余的诗作者们捧出了数以千计的新旧诗作，不无遗憾的是，收集整理出版工作仍然没有得到文化宣传部门的重视。

1991 年

读诗杂感

今年陶瓷节期间，以市作协和工人创协为主的民间团体举旗鸣炮，搞了一次规模不小的诗歌朗诵会，又在《工人文艺》上推出几十首新诗，随后又召开了"陶瓷题材诗歌实践与理论研讨会"，搅得新老作者食不甘味，寝不暖席。

一、关于水、火、土

这些年，昌江高岭窑火加上彩绘姑娘，成了诗作者裤腰带上一串叮当作响的钥匙，诗题的你挤我撞，内容的大同小异，几乎要"癌变"。

不错，歌里唱过"神圣之火，神圣之土"，但这些词语不等于每日难离的米饭，何况米饭吃多了也想换面食。诗作者应尽快打破思维定式，跳出自设的牢笼，将视野放宽些。瓷城的一花一木，哪行哪业不与瓷有着千丝万缕的联系？我曾在一篇文章里说过，陶瓷文化是个大现象、大背景，如果作者写活了乡情乡景，便无法将它从地域文化的伊甸园里放逐。

二、请多写短诗

这次"瓷都潮"上的新诗，长多短少。某些作品把一点点观念、情绪反复抖扯，像拉面师傅的操作。虽然也有精妙的句子，但因为拖沓，仍给人以喝掺水牛奶的感觉。

诗是最精练的语言艺术，小诗更能显示诗人的艺术功力。小诗写得好，易背易颂，更能流传。

诗友们，别贪大求宏，请脱下"长拷"，多搞些"短打"吧。

1991 年

什么是诗歌的灵魂

今年谷雨前一天,景德镇市作家协会在风景绮丽的浮梁县"双龙湾生态园"举办了2014年"谷雨诗会",那可真是名副其实的谷雨诗会啊!霏霏春雨在空中飘飞,精心布置好的露天会场里,或坐或站着百余名从市区、乐平、浮梁各地驱车赶来的诗歌发烧友,兴致勃勃地聆听着台上十几位诗友激情朗诵,朗诵者竟没有一个打伞或穿雨衣的,似乎雨水更能为他们的朗诵助兴,这是我见过的最有情趣的诗歌朗诵会。

因为会前已拜读过入围朗诵的诗作,所以我想谈点参加诗会的感触,与一些年轻的诗友交流。

先提个问题请诗友们思考:写诗究竟应该把什么摆在首位?是思想情感,还是意境创造、角度选取、语音技巧?

我的看法是写诗应该把提炼诗情摆在首位。古语云:"感人心者,莫先乎情。"那么诗的感情该如何去提炼?大文豪列夫·托尔斯泰认为诗的感情应该具备三个要素:1. 所传达的感情具有多大的独立性;2. 这种感情的传达有多清晰;3. 艺术家真挚程度如何。因此,诗作者首先要去追求真实、深刻、独特的思想与情感,其后才是意境、角度、语音的思考。

试以赞颂张志新烈士的诗为例,20世纪80年代初,在十年浩劫中受尽酷刑而坚持真理,最后被割断喉管而遭枪杀的女英雄张志新得以平反,国内报刊上发表了数以百计的以此为题材的诗作,有两首诗影响最大,并获大奖。其一是老诗人韩瀚的《重量》:

  她把带血的头颅

  放在生命的天平上

  让所有的苟活者

  都失去了

  ——重量

只有短短5行,28个字,却震撼人心,让每一个从"文革"过来的不敢坚持真理的"苟活者"反思惭愧。该诗语言朴实，除了一个"天平"的比喻，没有用其他艺术技巧，而它深刻独到的思想情感，却超越了其他的诗。

另一首是青年诗人雷抒雁的长诗《小草在歌唱》，诗人将自己的愚昧、胆怯与张志新对比，从而歌颂女英雄的精神与人格。不可否认，这两首诗的成功，主要在诗情的提炼上高人一筹。而年轻诗友特别喜欢的"朦胧诗"代表作，如舒婷的《致橡树》、北岛的《回答》、顾城的《一代人》等名诗，不也是以独到深刻的情感打动了千万读者的吗？

可是，我却发现某些青年诗友有点本末倒置，不去追求真实、深刻、独特的诗情，却热衷于文字技巧。就说这次的谷雨诗吧，有的情感矫揉虚假，不美的事物也写得美若天仙；不直面瓷都的历史和现实，不关注群众的冷暖，缺乏诗人本该具备的忧患意识，有"为赋新诗强说喜"的感觉。为此，我写了一首《叩问高岭》，诗中有我的困惑、忧虑，更有我热爱家乡之心，抒的是真情，写的是实感，语言平实，通俗易懂。我自己觉得和其他写瓷城的诗作相比，我写的诗内容和思想感情是有别的。

诗是语言的艺术，"语不惊人死不休"也是对的，但不可把语言的新奇视为压倒一切。所谓诗语的新奇，指的是给人陌生感、新鲜感。诗人们常用的技巧是"通感"和词语的反常搭配，"通感"如艾青的"从密林深处流出绿色的歌声"，戴望舒的"我躺在那里/咀嚼着太阳的香味"；反常搭配的有闻一多的"鸦背驮着夕阳/黄昏里织满了蝙蝠的翅膀"，戴望舒的"丁香般的惆怅"，谢采筏的"妈妈，你脸上的笑/是爸爸寄来的吧"等等。

追求诗语的新奇，需要一定的语言素养，搞不好就会弄巧成拙，掉进混乱晦涩的泥潭，让人一头雾水。这次谷雨诗中就有例子，如一首题为《洗过的太阳》的诗写道：

　　我知道
　　是那洗过的太阳
　　织就灵魂信仰
　　紧握着
　　清新的空气
　　包裹住

肥沃的土壤

　　用以暖热

　　一身袭人的冷香

"洗过的太阳"倒可以理解为明亮的春阳，但它怎么"织就灵魂信仰"，又如何能"紧握"空气、"包裹"土壤呢？"一身袭人的冷香"比喻什么？我看了三遍，思索半日，依然不得其解。还有一首名为《朝觐》的诗：

　　三月，江南烟花飞舞

　　我心惊若莲红

　　流光里弥漫着《我在景德镇等你》

　　那是青花含笑的佛语

面对着"心惊若莲红""青花含笑的佛语"这样外星人说的话，也许作者自我感觉良好，但我只能退避三舍了。

把诗歌写得让常读诗写诗的人都看不懂，这是一种反常现象，是缺乏读者意识的表现。前不久读到《文学报》主编、作家陈歆耕先生的《谨防现代诗患上"脑梗塞"》一文，谈到全国一些诗歌评比中，不少诗作怪异的语言让评委也看不懂，他呼吁诗作者不要"装深沉，装高雅"，更不要玩文字游戏。我很赞同此文的观点，在此也提请诗友们想一想，古今中外得以传颂的诗歌名篇，有哪一首是让大多数读者看不懂的。市作家协会如果愿意，不妨组织一次诗歌研讨会，请各种观点的诗友交流碰撞，正本清源，对我市的诗歌创作或许有些促动和帮助。

2014 年